내 영혼의 산책

거친 세상에서 마음이 아프거든

내 영혼의 산책

박원종 지음

무한

프롤로그

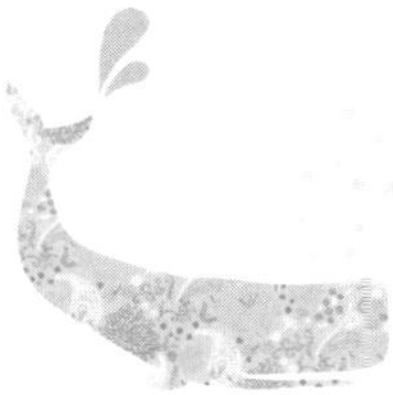

험난한 세상을 살다 보면 누구나 생각지도 않았던 어려움이나 시련을 겪기 마련입니다. 살면서 세상이 휘두르는 칼날을 어찌 다 피할 수 있겠습니까? 문제없는 삶이 어디 있겠습니까? 아프고 상처받지 않은 영혼이 어디 있겠습니까?

저 또한 온갖 삶의 풍파에 시달리며 짧지 않은 인생을 살아오면서 상처받고 괴로워했습니다. 나만 이렇게 사는 것이 힘든가? 하는 생각이 든 적도 있었습니다. 그러나 성당에서 상담 봉사자로 봉사하면서 깊은 절망에 빠져 있는 사람들이 너무도 많다는 사실을 깨달았습니다. 누군가로부터 위로받고 싶어 하고, 말 한마디에 용기와 희망을 얻는 사람들이 적지 않다는 것도 알게 되었습니다.

우리는 보통 가족이나 형제, 친척, 친구, 이웃, 직장 동료 등과 같이 가까운 사람들에게 상처받습니다. 동시에 그들에게 치유도 받습니다. 사람이 '병'도 되고, '약'도 되는 것입니다.

또한 우리는 처절한 고통과 시련을 이겨 낸 사람들의 강건한 삶의 모습이나 체험에서 우러나온 말, 신앙과 교육, 깊은 성찰과 각성 또는 위로의 편지나 책 등을 통해서도 새로운 희망과 위로, 용기를 얻을 수 있습니다.

우리에게는 모두 자신의 고통과 시련을 스스로 극복해 낼 수 있는, 내재되어 있는 힘이 있습니다. 다만 스스로 그것을 깨닫지 못하고 포기하거나 좌절해 버릴 뿐입니다.

오스트리아의 심리학자 빅터 프랭클은 이런 말을 했습니다.

"가장 무서운 절망은 삶의 의미를 상실하는 것이다."

황금이 불을 통해서 단련 받듯 우리도 시련과 고통을 통해서 단련 받습니다. 시련과 고통, 갖가지 문제들 속에서 우리의 영혼은 더욱 성숙하고 발전합니다.

이 책에서는 인간 사회의 갖가지 모습, 마음속의 다양한 풍경, 평범한 일상에서 건져 올린 잔잔하면서도 감동적인 이야기, 아름다운 인간상 등을 통해 우리가 진정 추구하고 지향해야 할 것들을 다층적, 다각적인 시선으로 세밀히 살펴보았습니다.

이를 통해 보다 많은 사람들이 이 책에서 위로와 희망, 용기 그리고 마음의 평화와 기쁨, 삶의 여유를 얻고, 지금 자신을 괴롭히고 있는 그 모든 고통과 시련들을 슬기롭고도 힘차게 극복해낼 수 있는 힘을 얻을 수 있기를 간절히 바랍니다.

아울러 지금 '나'는 결코 불행한 것만은 아니며, 고통과 시련 속에서도 지금 내가 누리고 있는 행복이나 가진 것들이 얼마나 많은 것인지 스스로 깨닫고, 잠재되어 있는 자신의 무한한 능력과 가능성을 발견했으면 합니다. 마지막으로 모든 독자분들의 삶이 용맹스럽게 전진하는 삶, 모든 시련과 아픔들을 몰아내고 승리하고 성공하는 삶, 축복이 넘치는 삶이 되었으면 좋겠습니다.

박원종

목차

프롤로그 5

제1장 누구에게나 아픔은 있다

산다는 것은 날마다 연습하는 것이다 17
우리 사회, 우리 시대의 아픈 마음들 24
아픔을 사랑하라 32
문학이 주는 위로와 희망, 그 치료 효과 38
절망 속에서도 피어나는 꽃 41
마지막 시선을 어디에 둘 것인가 44
거기가 바로 사막이네요 49
체인징 파트너 51
소나무와 세한도 54
오가는 발걸음 소리 60
내일은 내일의 바람이 분다. 또 다른 기회다 66

봄처럼 일어나라, 희망을 품고 달려라

제2장

장미는 가시들 틈에서 꽃을 피운다 71

꽃은 그냥 피지 않는다 74

준비된 삶, 준비하는 사람 75

별을 빛나게 하는 건 밤 78

모두가 다 소중하다 80

영원한 봄날은 없다 85

'샤론의 장미'를 생각한다 89

그 꽃들은 다 어디로 갔나 96

나도 못할 게 없다 99

절대 고독의 시간 104

이 또한 지나가리라 115

제3장

좀 더 사랑할 것을, 좀 더 기억해 줄 것을

참사랑 121

아름다운 부부 127

황진이의 계약 결혼 130

당신 곁에는 내가 있습니다 135

인생은 짧고, 사랑도 짧다 139

사랑하는 사이일수록 143

어머니의 사랑, 그 놀라운 힘 144

용서하는 삶이 아름답다 147

놓치고 싶지 않은 사람 151

행복은 내가 바뀔 때 오는 것 153

미소 156

나를 사랑하니까 행복하다 159

나와 다른 남을 인정할 때 행복은 온다 162

긍정의 행복 165

어디에서 왔는가, 어디로 갈 것인가

제4장

응급실에서 본 천국 171

지금 이 순간, 죽는 그 순간 176

무엇을 남기고 갈 것인가 180

열린 마음, 받아들이는 마음 185

비워야 비로소 얻는다 188

내 안에 있는 구정물통 191

내 마음속의 여산 195

제5장

승리의 길, 성공하는 삶

잠재의식의 힘 203

좋은 습관은 좋은 힘이다 208

생각이 바뀌면 운명이 바뀐다 211

훌륭한 리더의 조건 217

가다가 막히면 멈춰서 쉬어라 221

좋은 꽃은 땅을 가리지 않는다 224

악처가 남자를 바꾼다 230

칭찬은 성공에 꼭 필요한 무기 236

위기 돌파 능력도 성공 비결 242

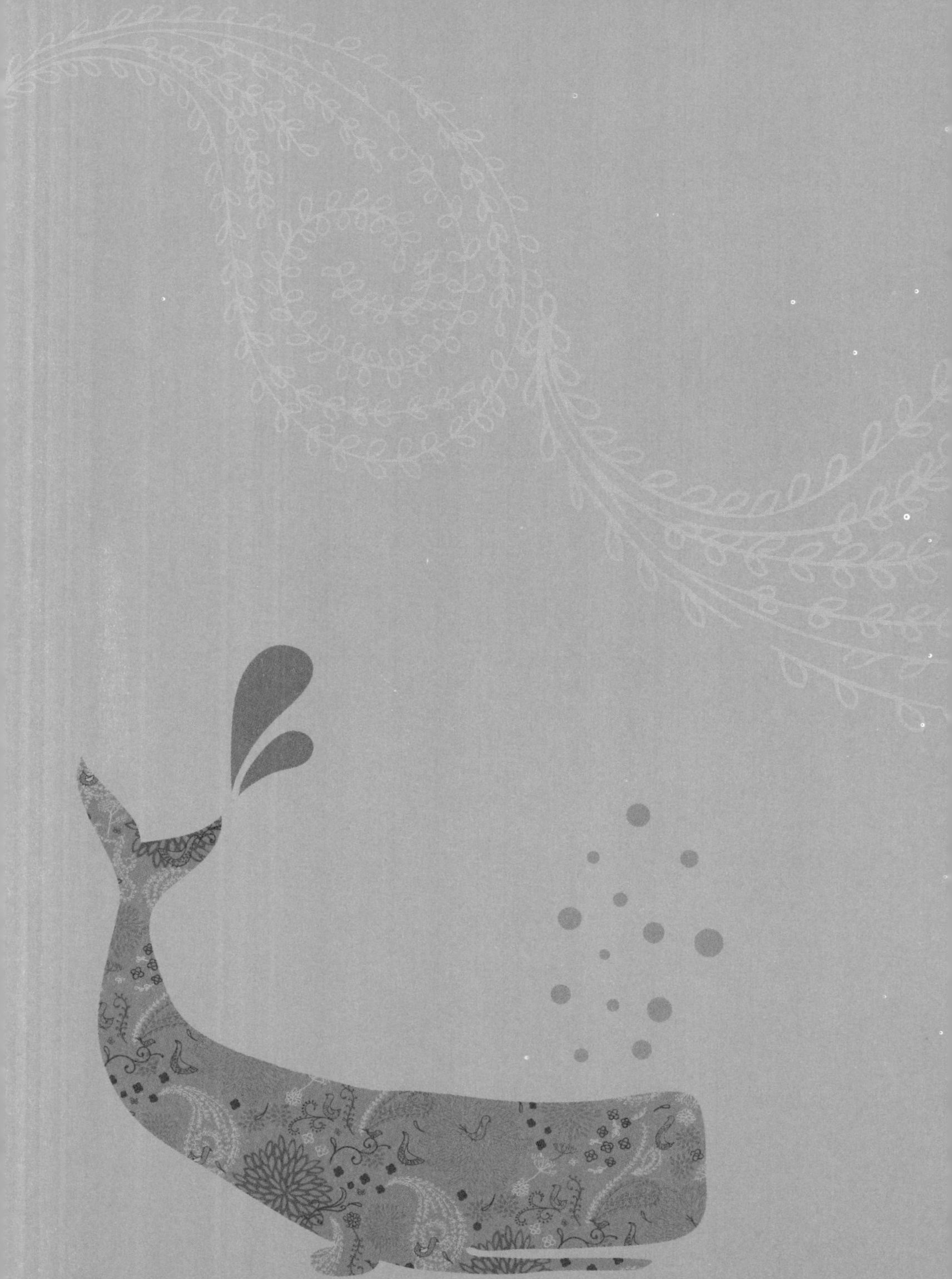

1장

누구에게나 아픔은 있다

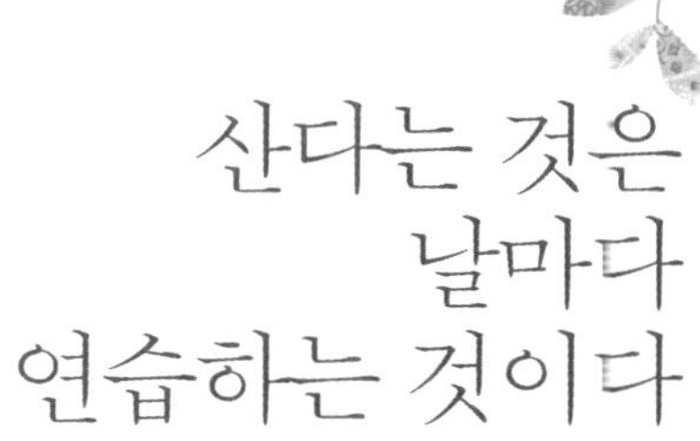

산다는 것은 날마다 연습하는 것이다

유럽에 있는 공동묘지에는 이런 묘비명이 있다고 합니다.

'난 죽은 것이 아니라 다만 잠들었을 뿐이다.'

'일어나서 인사드리지 못해 죄송합니다.'

그런데 영국이 낳은 세계적인 극작가이자 소설가요, 비평가이며 재기가 넘치는 뛰어난 웅변가로서도 유명한 버나드 쇼의 무덤 앞에는 이런 묘비명이 적혀 있습니다.

'우물쭈물하다가 내 이럴 줄 알았다.'

이 묘비명은 버나드 쇼 자신이 생전에 미리 써둔 것이지만, 그는 왜 이런 묘비명을 남겼던 것일까요? 우물쭈물하며 살았기 때문일까요? 자신의 지나온 삶에 대한 후회 때문일까요? 이 묘비명은 인생을 치열하게 살아야 한다는 것을 역설적으로 말해 주고 있습니다. 우유부단하고 망설이며 주저하다가는 아무것도 이루지 못한 채 인생 종친다(?)는 뜻도 포함되어 있습니다.

버나드 쇼 자신은 이 묘비명의 내용과는 정반대로 누구보다도 인생을 치열하게 산 사람이었습니다. 그는 1879년부터 1883년까지 5편의 소설을 썼으나 모두 출판사로부터 출판을 거절당하는 등 많은 실패를 거듭했습니다. 게다가 그가 쓴 글들에 대한 평판도 좋지 않았고, 심지어 단순히 감상적인 오락 작가라는 비난마저 받았습니다.

뿐만 아니라 그는 사람들 앞에서 말 한마디 제대로 하지 못하는 '소심증 환자'였습니다. 젊었을 때에는 친구 집 앞에서 벨을 누르지 못해 20여 분이나 머뭇거릴 정도였습니다.

하지만 그는 결코 좌절하지 않고 글을 쓰고 또 썼습니다. 그러면서 자신의 어눌한 말과 소심증을 극복하기 위해 공개 토론회 등을 찾아다니며 열심히 토론에 참여했습니다. 그야말로 그는 자신이 부족하다는 것을 스스로 인정하고 끊임없이 연습에 연습을 거듭한 것입니다.

마침내 그는 〈인간과 초인超人〉으로 무명의 설움을 딛고 세계적인 작가로 명성을 얻었을 뿐만 아니라 노벨 문학상까지 수상했습니다. 이와 함께 그는 자신의 소심증까지 극복하고 수많은 사람들 앞에서 사자후獅子吼 같은 열변을 토하는 뛰어난 웅변가도 될 수 있었습니다. 말하자면 그는 수많은 시행착오와 끊임없는 반복 연습 끝에 자신을 가로막고 있던 장벽들을 모두 허물어뜨리고 마침내 성공할 수 있었던 것입니다.

훗날 그는 수많은 사람들이 모인 가운데에서 명연설을 한 후, 한 기자로부터 이런 질문을 받았습니다.

"어떻게 이토록 청중의 마음을 사로잡는 훌륭한 웅변가가 될 수 있었습니까?"

그러자 버나드 쇼는 이렇게 대답합니다.

"난 젊었을 때부터 실패를 많이 했습니다. 소심한데다가 능력도 부족했습니다. 하지만 난 절대 포기하지 않고 끝까지 매달리며 연습을 하고 또 했습니다. 스케이트를 배우다가 넘어지면 다시 일어나 연습하듯이 난 실패하거나 남들이 비웃어도 끝까지 포기하지 않고 연습을 계속해 왔습니다. 꾸준히 연습을 하다 보면 언젠가는 되기 마련입니다."

그는 이런 말들도 했습니다.

"나는 젊었을 때 10번 도전해서 9번 실패했다. 그래서 나는 항상 10번 도전했다."

"사람들은 항상 자신의 환경을 탓한다. 하지만 나는 환경을 믿지 않는다. 세상에서 성공한 이들은 스스로 알아서 자신이 원하는 환경을 찾아다니고, 찾을 수 없다면 그 환경을 만든 사람들이다."

"인생의 진정한 기쁨은 스스로 설정한 뚜렷한 목표를 위하여 자신의 모든 것을 완전히 소진시킬 때 나온다."

그는 수많은 실패를 강인한 집념과 도전정신으로 극복해 마침내 큰 성공을 거둔 사람입니다. 온갖 고난들과 맞서 싸우며 누구보다도 치열한 삶을 살았던 겁니다.

어느 누구도 저절로 성공할 수는 없습니다. 쉽게 성공할 수도 없습니다. 실패하더라도 포기하지 않고, 눈 감고도 할 수 있을 정도로 연습을 하고 또 하는 사람만이 마침내 성공할 수 있습니다.

언젠가 가수 조영남이 이런 말을 한 적이 있습니다.

"송창식의 묘비명으로 '연습하다가 죽다'라고 써주고 싶다."

가수 송창식의 시원스럽고도 아름다운 노래들이 결코 그냥 나온 것이 아니라 수많은 연습의 산물産物이란 뜻입니다.

오랜 무명 생활을 거쳐 마침내 개그계의 정상에까지 서게 된 개그맨 김병만. 흔히 '달인'으로 통하는 그는 어느 TV프로그램에서 5개월간 연습한 끝에 프로 스케이팅 선수들도 하기 어렵다는 악셀(스케이트 점프 기술)까지 도전하는 모습을 보여 줌으로써 많은 찬사를 받은 적이 있습니다. 이런 것들을 보면 사람들에게 기쁨과 웃음을 안겨 주기 위해 끊임없이 노력하고, 연습장과 무대 위에서 거침없이 몸을 날리는 개그맨들이 참으로 대단하다는 생각이 듭니다.

개그 콘서트에서 달인 김병만이 어려운 묘기를 보여 주다가, 갑자기 잔뜩 긴장한 표정을 지으며 그를 쳐다보고 있는 관객들을 향해 이렇게 한 마디 툭 던졌던 것이 생각납니다.

"여러분은 긴장하지 마세요. 긴장하실 필요 없습니다. 저만 긴장하면 되니까요."

순간, 잔뜩 긴장한 채 그를 지켜보고 있던 관객들의 입에서 웃음이 빵 터지더군요. 얼굴도 모두 활짝 펴졌습니다.

하지만 즉흥적으로 한 것 같은 이런 멋진 위트도 사실은 그냥 나온 것이 아니라 그동안 수많은 생각과 연습, 시행착오를 거듭한 끝에 비로소 나왔을 것입니다. 한 편의 개그가 수많은 연습과 실패가 쌓여 완성되듯 우리네 인생살이 또한 수많은 연습과 실패가 쌓이며 하나씩 완성되어 가는 것입니다.

산다는 것은 곧 날마다 연습하는 것입니다. 공부도 그렇고, 운동도 그렇고, 음식 만드는 것도 그렇고, 악기 다루는 것도 그렇고, 직장생활이나 사업도 그렇고 날마다 연습하고 노력해야만 성장하는 것입니다. 사랑이나 선행도 저절로 커지지 않습니다. 끊임없이 계속하며 연습해야 클 수 있는 것입니다. 하루하루의 삶이 연습이요, 수련인 것입니다. 실패나 패배도 연습의 한 과정입니다.

이렇게 날마다 연습하며 끊임없이 부딪치고 투쟁하며 한 걸음씩 앞으로 나아가는 것이 우리들 인생입니다. 우물쭈물할 시간이 없는 것입니다.

우리 사회,
우리 시대의
아픈 마음들

신학기를 맞아 초등학교 3학년이 된 여자 아이가 학교에서 돌아와 엄마에게 말했습니다.

"엄마, 나 3번 됐어. 나보다 작은 애들이 1번, 2번 되고."

이 말에 엄마는 속이 상해 신경질적으로 투덜거렸습니다.

"아직도 키 가지고 번호 매기나? 키 작은 사람은 맨날 1, 2, 3번만 한다는 게 말이나 돼?"

엄마도 키가 작아 학교 다닐 때 늘 1, 2, 3번을 벗어난 적이 없었던 것입니다. 이것이 지금까지도 콤플렉스로 남아 있는데, 딸까지 매번 1, 2, 3번이라니!

이런 엄마의 아프고 시린 마음을 잘 보여 주는 시가 있습니다. 이철환의 '딸의 입학식'이란 시지요.

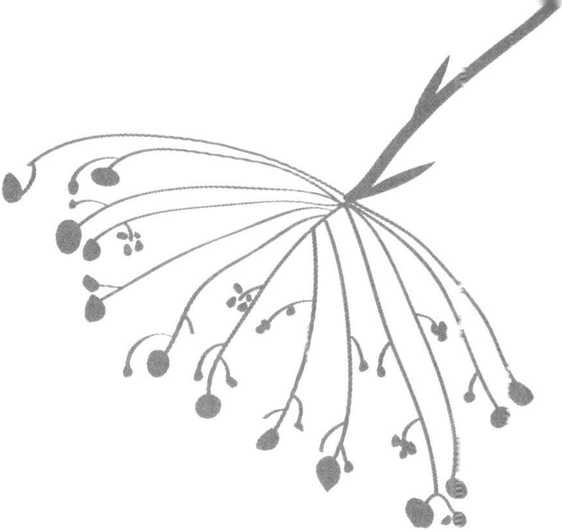

엄마처럼 되지 말라고,

엄마처럼 키가 작아서는 안 된다고 간절히 기도하면서

나보다 10배는 키가 큰 딸의 모습을 보고 싶었습니다.

예쁘지는 않지만 화장 곱게 하고

맵시 없는 몽당치마라도 차려 입고

딸의 대학 입학식 날

그날은 꼭 가보고 싶었습니다.

내 작은 키 때문에

다른 사람들 틈에서 딸을 볼 수 없으면

내가 살아온 아픔의 키만큼 높은 곳으로 올라가

예쁜 딸을 한없이 바라보고 싶었습니다.

사람들에게 키가 작다고 놀림을 받을 때마다
나는 부모님을 원망했습니다.
그런데 이제는 다 커 버린 딸에게
정작 내가 원망스러운 어미가 되어 버렸습니다.

언젠가는 딸의 손을 잡고 말할 겁니다.
창피함보다는 아픔 때문에
엄마에게 큰 소리 한번 치지 못하는 마음 착한 딸에게
미안하다고, 정말 미안하다고 조용히 말할 겁니다.

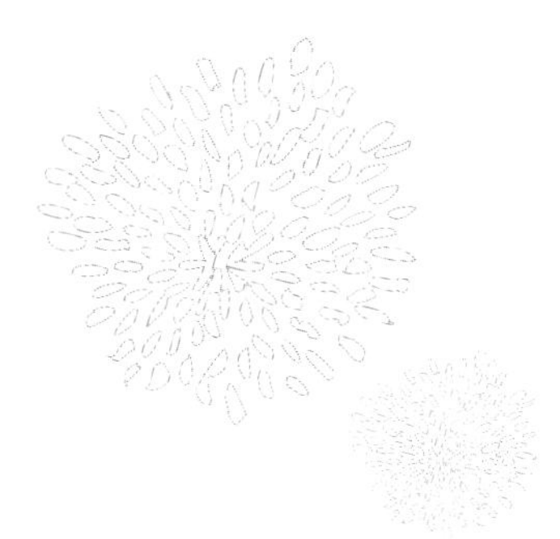

혹 지난 번 자녀의 입학식이나 졸업식 때 또는 자녀의 결혼식이나 면접 시험 같은 때 자신을 닮아 키가 작은 자녀 때문에 이런 아픈 마음과 함께 콤플렉스를 느끼지 않으셨는지요? 혹은 학교 다닐 때 작은 키나 뚱뚱한 몸매, 빼빼 마른 몸, 어눌한 말씨, 흉터나 어떤 신체적 장애, 배우지 못한 부모, 부모의 이혼이나 사망, 가난한 형편 등과 이로 인한 주위의 시선 및 콤플렉스가 아직까지도 마음속에 깊은 상처로 남아 있는 것은 아닌지요?

금빛 햇살이 눈부시게 흩어지던 어느 해 봄, 중학생으로 보이는 사내아이가 만개한 벚꽃나무를 연신 발로 걷어차고 있었습니다. 그가 발길질을 해댈 때마다 팝콘 터지듯 벚꽃들이 우수수 떨어졌습니다.

'허, 이놈 봐라.'

잠시 지켜보다가 천천히 다가가 물었습니다.

"너, 왜 나무를 발로 차니? 벚꽃이 다 떨어지잖아."

그러자 그는 인상을 잔뜩 찌푸린 채 저를 흘끔 쳐다보더니, 이렇게 대꾸하는 것이었습니다.

"스트레스 받아서요."

세상에! 아직 어린 나이에 무슨 스트레스를 얼마나 받았기에 나무에다 대고 발길질을 그토록 해댄단 말인가? 그 아이에게 이런 말을 해주고 싶었습니다.

'나무도 걷어 차이면 스트레스를 받는다구.'

물론 아이들이라고 스트레스 받지 말란 법은 없습니다. 특히 요즘 아이들은 성적에 대한 부모의 과한 기대, 이른바 '왕따'나 '학교 폭력' 같은 일로 고민하고 스트레스를 받는 경우가 많습니다. 동심은 사라지고 왜 이런 아픈 마음, 모나고 구부러진 마음, 병든 마음들이 자꾸 생겨나는지 모르겠습니다.

치열한 경쟁 사회 속에서 가족을 위해, 최소한의 자존심마저 버려가며 살아가는 아버지들도 아픕니다. 직장이나 거친 삶의 현장에서 겪는 온갖 아픔들과 해고나 조기 퇴직 및 사업 부진으로 인한 두려움, 퇴직이나 사업 실패로 인한 아픔과 상실감, 경제적 어려움이나 건강의 이상 징후, 자녀 교육이나 경제적 문제 등으로 인해 가족과 떨어져 살아야 하는 아픔, 가족 간의 갈등과 대립, 이혼이나 별거, 노후에 대한 불안감, 자녀의 취직이나 결혼 문제 등으로 걱정은 깊어져만 갑니다. 하지만 가족으로부터 존경받기는커녕 오히려 소외당하고 무시당하기까지 하는 냉혹한 현실에 더욱 마음이 아픕니다.

겉으로 아무런 내색을 하지 않지만 속으로 외롭고, 괴롭고, 두려울 때도 많습니다. 속으로 피눈물을 흘리기도 합니다. 나이가 들수록 더욱 그렇습니다.

그래서 이런 이야기도 있습니다. 나이 먹은 여자한테 꼭 필요한 것 4가지가 있는데 그 첫째는 건강이요, 둘째는 돈, 셋째는 친구, 넷째는 딸이라는 겁니다. 그런데 나이 먹은 여자한테 가장 필요 없는 것 한 가지는 바로 늙어버린 남편이라는 겁니다. 귀찮기만 하지 쓸 데가 없다는 것이지요. 그래서 요즘 안 쓰는 물건 내다놓으라고 하면 늙은 남편부터 내놓는다고 하잖아요.

이처럼 현대는 아버지들의 권위와 존재가치가 상실된 시대입니다. 경제력은 있어도 경제권은 없고, 자녀 교육엔 발언권마저 없는 가장들도 많습니다.

그래서 이 시대의 아버지들은 더욱 마음 아파하며 속으로 울고 있습니다. 김현승 시인이 그의 시 '아버지의 마음'에서 '아버지의 눈에는 눈물이 보이지 않으나, 아버지가 마시는 술에는 눈물이 절반'이라고 했던 것도 그래서였는지도 모릅니다.

비록 드럼통 위에서 굽던 돼지 껍데기를 안주 삼아 막걸리를 마시고도 당당하게 집에 들어갈 수 있었던, 그리고 아내와 자식들로부터 존경과 대접도 받았던 예전의 아버지들이 부럽게 느껴진다는 아버지들이 많은 것도 그래서일 겁니다.

그러나 이 모든 아픔들과 마음의 상처들은 위로받고, 속히 치유되지 않으면 안 되는 것들입니다. 그리고 여기에는 누구보다도 가족이 앞장서야 합니다. 아울러 아픔의 당사자 또한 스스로를 위로하고 격려하며 자신의 아픔과 상처들을 극복해 나가지 않으면 안 됩니다. 과거의 아픔, 상처가 자신을 지배하도록 놔둔다면 결코 성장할 수 없습니다.

아픔을 사랑하라

병들고 못난 자식에게 더 정을 쏟는 어머니처럼 자신의 상처와 아픔에 더 많은 관심을 기울이고 사랑해야 합니다. 아픔의 껍질이 크면 클수록 단단하면 단단할수록 그리고 아픔의 뿌리가 깊을수록 더욱 그렇게 해야 합니다.

마음의 상처나 아픔은 박힌 가시를 뽑아내듯 단번에 확 빼내는 것이 아니라 사랑으로 서서히 녹여내는 것입니다. 그 아픔이 잘 녹아내려 아물 수 있도록 사랑이 가득한 뜨거운 축복도 부어 주어야 합니다. 사랑과 축복이 크면 클수록 그 상처와 아픔은 빨리 아물고 속히 치유됩니다.

마음의 상처를 향한 스스로의 사랑과 축복은 곧 나 자신에 대한 것이 됩니다. 여기에는 놀라운 힘이 있습니다.

1. 자기 자신에 대한 긍정적 암시를 줍니다.

2. 희망과 용기가 되살아나고, 삶의 의욕도 강해집니다.

3. 상처와 아픔이 밑거름이 되어 보다 큰 도약과 원대한 꿈을 이루는 데 발판이 됩니다.

이 세상에 만물이 생겨날 때 새에게는 원래 날개가 없었다고 합니다. 이때 새들의 대표가 하느님을 찾아가 이렇게 하소연했습니다.

"사자에게는 강한 힘이 있고, 뱀에게는 독을 가진 날카로운 이빨이 있고, 말에게는 잘 달릴 수 있는 튼튼한 다리가 있습니다. 그래서 적으로부터 자신을 보호할 수가 있지만, 저희에게는 이런 것들이 없습니다. 그러니 저희에게도 적으로부터 스스로를 지킬 수 있는 것을 하나 마련해 주십시오."

이 말에 하느님은 고개를 끄덕이고는 모든 새들에게 날개를 달아주었습니다.

그런데 얼마 후 새들의 대표가 하느님을 다시 찾아와 투덜거렸습니다.

"공연히 이 거추장스러운 날개를 달아주셔서 짐만 됩니다. 날개가 있으니까 몸이 무거워 전보다도 오히려 빨리 달릴 수가 없습니다."

그러자 하느님은 안쓰러운 표정을 지으며 이렇게 말씀하셨다는 겁니다.

"이 어리석은 새여, 그대는 어찌하여 날개를 지고 달리는가? 날개는 지고 달리라고 있는 게 아니라 그것을 이용하여 저 하늘을 높이 날라고 있는 것이거늘."

비록 인간에게 새 같은 날개는 없지만, 신은 우리에게 새의 날개보다 더욱 훌륭한 날개를 주셨습니다. 생각하고, 손을 자유롭게 쓰고, 책을 읽고, 글자를 쓰고, 생각이나 경험을 바탕으로 더 높고 깊은 사고를 하며 새로운 물건을 만들어 내는 능력 등 값진 선물들을 많이 주셨던 겁니다.

말하자면 인간에게 있어서 이러한 것들은 모두 새의 날개와도 같은 것입니다. 그리고 우리는 이 보이지 않는 날개를 도구 삼아 리차드 버크의 〈갈매기의 꿈〉에 나오는, 단지 먹이를 얻기 위해 나는 것이 아니라 보다 큰 꿈과 이상을 품고 더 높이 멋지게 날며 더 자유로워지려는 갈매기 조나단 리빙스턴처럼 그렇게 비상飛上해야 하는 겁니다.

갈매기 조나단이 주위의 온갖 배척과 한계를 뛰어넘어 더 높은 비행을 하였듯이, 우리를 가로막고 있는 그 모든 약점이나 아픔 같은 것들을 떨쳐버리고 자신의 꿈을 향해 더욱 힘찬 날갯짓을 해야만 합니다.

저마다 마음의 상처나 아픔 혹은 약점 같은 것들이 있기 마련지만, 동시에 누구에게나 이를 극복해 낼 수 있는 도구, 즉 '보이지 않는 날개'도 함께 지니고 있습니다. 다만 저 '어리석은 새'처럼 자신에게 주어진 그 소중한 날개의 가치를 모르고 오히려 짐으로 여기느냐, 조나단처럼 자신의 날개를 잘 활용하여 자신의 한계나 약점 그리고 그로 인한 아픔과 고뇌를 뛰어넘어 보다 웅대한 꿈을 향해 가느냐 하는 차이만 있을 뿐입니다.

그러니 자신에게 닥친 시련이 크다 해서 슬퍼하거나 기죽을 필요는 없습니다. 더욱이 '청춘의 날개'를 갖고 있다면 고통이나 시련이 크다한들 무엇이 두렵습니까?

자신에게 주어진 그 모든 상처와 아픔들을 사랑하며, 이를 잘 끌어안고 갈 뿐만 아니라 이를 적극 활용할 줄 아는 사람은 용기 있고 현명하며 행복한 사람입니다.

문학이 주는 위로와 희망, 그 치료 효과

문학은 인간의 심신을 안정시키고 마음속에 쌓여 있던 스트레스와 온갖 나쁜 감정들을 해소시키며 마음을 다스리고, 위로와 희망을 주는 등 다양한 역할을 합니다. 마음속에 억압되었던 나쁜 감정들을 없애 주고 정화시키는 작용, 즉 '카타르시스' 기능도 뛰어납니다. 말하자면 문학에 정신적, 육체적 질병을 치유하고 호전시키는 '의학적 효과'가 있는 것입니다.

그래서 서양에서는 이미 오래 전부터 문학이 질병 치료의 중요한 역할을 해왔으며, '문학 치료', '시 치료', '드라마 치료' 등으로 환자들의 치료에 적극 활용해 왔습니다. 기원 1세기경 로마에서는 이미 의사가 환자에게 시와 드라마를 통한 처방을 했다는 기록도 있습니다.

문학을 정신적, 육체적 질병 치료에 적극 활용해 봅시다. 바쁜 일상 속에서도 자주 시나 수필, 소설 같은 문학 작품들을 읽는 게 도움이 될 겁니다. 특히 환자들은 병원 약만 드실 게 아니라 '문학'이라는 '약'도 함께 드신다면 더욱 좋을 것입니다.

프랑스에서는 해마다 새 봄이 시작되면, 전 국민을 대상으로 '시 짓기 대회'를 연다고 합니다. 그리고 '시의 축제', '시의 향연'인 이 대회에는 어린 아이들에서부터 노인에 이르기까지 수많은 사람들이 참가하여 봄기운을 가득 느끼며 저마다 시를 씁니다. 그야말로 '예술의 나라'답게 전 국민이 시인이 되어 시를 쓰고, 세상을 온통 시의 물결로 만드는 것입니다.

시를 잘 쓰고 못 쓰고는 중요한 일이 아닙니다. 그저 자신이 느끼고 생각한 것들을 시로 쓰면서 봄을 만끽하고, 이웃과 더불어 봄과 시를 즐기면 되는 것입니다.

이 얼마나 멋지고 여유 있는 풍경입니까? 프랑스에서 이처럼 굳이 새봄에 '시 짓기 대회'를 여는 것은, 지난겨울 동안 잔뜩 움츠려 있던 몸과 마음을 아름답고도 감성적인 시로써 자극하기 위한 것입니다. 또 몸과 마음에 새로운 활기와 의욕, 새 희망을 불어넣기 위한 것입니다.

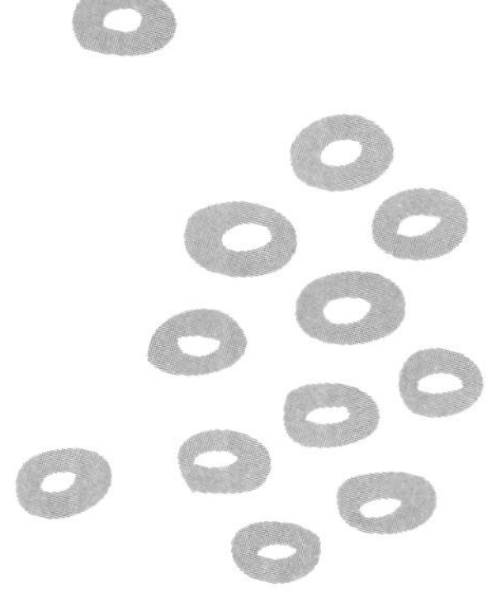

사는 게 비록 힘들고 고달플지라도 문학을 통해 많은 사람들이 꿈과 희망만은 버리지 않았으면 좋겠습니다. 그리고 문학 또한 아파하는 이웃, 상처받은 영혼들에게 더욱 가까이 다가가 그 아픔을 함께 나누며 위로하고, 그들의 아픔을 치유해 주었으면 좋겠습니다. 문학에는 분명 그러한 힘이 있습니다.

절망 속에서도 피어나는 꽃

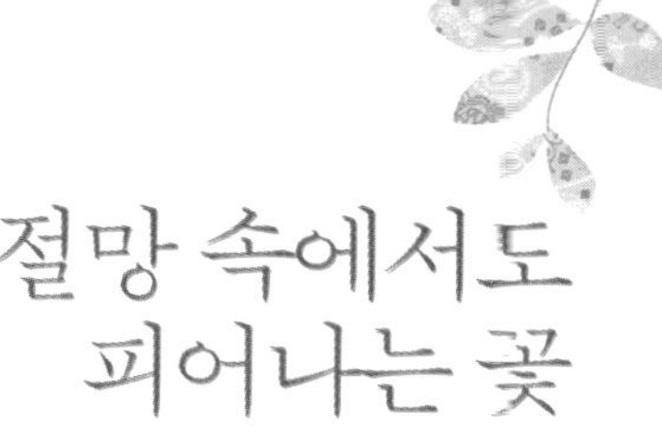

일본에서 대지진으로 인해 쓰나미가 덮쳤을 때 가까스로 살아난 사람들의 이야기를 들어 보면, 그 절체절명[絶體絶命]의 위기 속에서도 정신을 잃지 않고 오직 '살고 싶다', '난 반드시 살아야 한다'는 집념으로 주위에 있던 나무 둥지나 다다미장 같은 것들을 끝까지 부여잡고 놓치지 않았다고 합니다.

그만큼 위기의 순간일수록 생명에 대한 더욱 강인한 의지와 집념이 필요하다는 이야기입니다. 그리고 이것이 바로 고통과 시련, 위기를 보다 잘 이겨낼 수 있는 힘입니다.

결혼을 비롯해서 실패만 거듭한 한 여인. 그는 어린 딸의 우유 값도 없는 가난과 온갖 삶의 질곡[桎梏] 속에서 고통 받다가 한때 자살까지도 시도했습니다. 그러나 그는 지금이 삶의 가장 밑바닥이라고 여기며 재기를 위해 몸부림쳤습니다. 그리고 마침내 엄청난 성공을 거두었는데, 이 여인이 바로 〈해리 포터〉 시리즈로 세계적인 돌풍을 일으킨 작가 조앤 롤링입니다. 그는 미국 하버드 대학 졸업 축사에서 이런 말을 했습니다.

"인생에 있어서 가장 밑바닥은 인생을 새로 세울 수 있는 가장 단단한 기반이다."

그처럼 바닥을 치면 더 이상 떨어질 곳도 더 이상 두려울 것도 없는 법입니다. 위기를 기회로 만들고, 기회를 다시 기적으로 만들 수도 있습니다. 그래서 '세상에서 가장 무서운 사람은 바로 바닥을 친 사람'이란 말도 있는 것이고요.

나무는 바람에 심하게 흔들릴수록 그 뿌리를 땅속 깊이 내린다고 합니다. 바람에 쓰러지지 않기 위해 뿌리를 깊이 뻗어 땅속의 바위나 흙, 혹은 다른 나무의 뿌리들을 꽉 움켜쥐는 거지요.

어떤 사람이 홧김에 야자나무 위에 커다란 돌을 얹어 놓았다고 합니다. 그 나무가 더 이상 자라나지 못하고 죽도록 하기 위해서였습니다. 그런데 몇 년 후, 우연히 그 야자나무를 살펴보았더니 놀랍게도 죽기는커녕 오히려 주위에 있는 다른 야자나무들보다도 훨씬 더 크고 우람하게 잘 자라나 있는 것이었습니다. 야자열매도 다른 나무들보다 훨씬 더 많이 열려 있었습니다.

그가 얹어 놓았던 커다란 돌이 이 야자나무로 하여금 뿌리를 땅속 깊이 뻗게 하여 영양분을 더 많이 흡수하도록 만들고, 뿌리를 튼튼하게 하여 더욱 크고 튼실한 나무로 만들었던 겁니다. 말하자면 시련이 오히려 축복이 된 셈이지요.

이와 마찬가지로 우리들이 삶에서 겪는 시련은 보다 많은 열매를 얻기 위해 필요한 가지치기와 같다고 할 수 있습니다. 비록 가지가 잘리는 순간의 아픔은 있지만, 그 시련의 아픔을 극복해 내야만 더욱 알차고 빛나는 결실을 거둘 수 있기 때문입니다. 삶

마지막 시선을 어디에 둘 것인가

중국 초楚나라의 항우項羽는 거록鉅鹿의 싸움에서 진秦나라 군사들에게 연패하여 위기에 빠진 부하들을 구하기 위해 마지막 남은 병력을 모두 이끌고 달려갑니다. 이때 그는 부하들과 함께 장강을 건너자마자 타고 왔던 배들을 모두 물속에 가라앉혀 버립니다. 이와 함께 양식을 모두 없애 버리고, 밥 짓는 솥까지 모조리 부수어 버리도록 합니다. 그리고 그는 부하들을 향해 이렇게 외칩니다.

"이제 우리에게 남은 것이라곤 없다. 싸워서 이기지 못하면 칼에 맞아 죽거나 굶어 죽는다."

말하자면 그는 '필사즉생必死卽生, 필생즉사必生卽死'의 배수진을 친 것입니다. 그런 다음 그는 3만 명의 부하들을 이끌고 진나라의 명장 장한章邯이 이끄는 20만 명이 넘는 군사들과 최후의 결전을 벌였는데, 여기서 그는 대승을 거둡니다. 자신들이 타고 온 배는 모조리 물에 빠뜨려 하나도 없고, 밥 해먹을 솥은 다 부수어지고 없는 것을 본 병사들은 그야말로 죽기 살기로 싸워 큰 승리를 거두었던 것입니다.

여기서 '파부침주破釜沈舟', 즉 '솥을 깨뜨리고 배를 빠뜨린다'는 말이 나왔는데, 지금도 극한적인 상황 속에서 마지막으로 비장한 결단을 내릴 때 흔히 쓰는 고사성어입니다. 여기서 대승을 거둔 항우는 그 기세를 몰아 진나라 군사들을 몰아붙여 마침내 진나라를 완전히 멸망시킵니다.

비단 전쟁에서 뿐만이 아니라 인생에 있어서도 위기의 순간, 모든 것이 다 끝났다 하는 순간이 찾아오기 마련입니다. 그리고 이때 많은 사람들이'다 끝났구나. 이제는 더 이상 빠져 나갈 길이 없어' 하며 스스로 체념하거나 자포자기 합니다.

그러나 이처럼 눈앞이 캄캄한 절망의 순간에서도 절망하거나 희망을 버리지 않고 항우처럼 배수진을 친 후 최후의 결전을 벌이는 사람들도 있습니다. 물론 이렇게 하고서도 실패하는 사람들이 있습니다. 그러나 중요한 것은 모든 것이 다 끝난 것처럼 보이는 그 순간에도 희망을 버리지 않고 마지막까지 최선을 다하는 것입니다.

그야말로 위기의 순간에 자신의 마음과 시선을 어디에 두느냐 하는 것이 중요하다는 이야기입니다. 성공한 사람들도 실패나 위기의 순간이 없었던 것이 아니라, 그런 순간에도 결코 굴하지 않고 마지막까지 최선을 다했기에 성공한 것입니다.

제2차 세계 대전 때 풍전등화風前燈火 같은 위기 상황 속에서 영국을 구한 윈스턴 처칠. 그러나 그는 실상 많은 실패와 위기의 순간을 맛았던 사람입니다. 제1차 세계 대전 때 그는 해군 장관으로서 영연방 함대를 이끌고 오스만 튀르크 제국의 갈리폴리 상륙작전을 벌였다가 40만 병력 중 무려 25만 명이나 되는 병력을 잃고 후퇴한 적도 있습니다. 그야말로 처절한 패배를 맛본 것입니다. 하지만 그는 이에 좌절하지 않고 스스로 육군 소령으로 강등하여 다시 전선에 뛰어듦으로써 재기의 발판을 마련했습니다.

그는 온갖 시련과 위기 상황 속에서도 늘상 여유와 유머를 잃지 않았습니다. 그 한 예로, 2차 대전 중 수상으로 있을 때 부득이한 일로 의회에 좀 늦게 도착한 일이 있습니다. 이에 그의 정적政敵들이 기다렸다는 듯이 처칠을 향해 지금이 어느 때인데 게으름을 피우냐며 맹비난을 퍼부었습니다. 그러자 처칠은 머리를 긁적이며 빙긋이 웃더니 이렇게 대꾸하는 것이었습니다.

"죄송합니다. 존경하는 의원 여러분! 저도 일찍 오려고 했는데, 예쁜 마누라와 살다 보니 일찍 일어날 수가 없었습니다. 다음부터는 의회가 있을 때면 전날 마누라와 떨어져 각방을 쓰도록 하겠습니다."

순간 의회는 온통 웃음바다가 되었고, 더 이상 처칠을 비난하는 사람은 없었습니다. 처칠의 순간적인 기지와 유머에 감탄할 뿐이었습니다.

특히 처칠은 2차 대전 중일 때 유머를 더욱 자주 쓰곤 했는데, 이것은 전쟁에 시달리고 이로 인해 고통과 눈물이 많은 국민들을 위로하고 그들에게 용기와 극복 의지를 주기 위한 것이었습니다.

미국의 작가 마크 트웨인은 이런 말을 했습니다.

"천국에는 유머가 없다. 유머는 기쁨이 아니라 슬픔에서 나오는 거니까."

그가 이런 말을 한 이유는 슬픔도 없고 무엇 하나 부족한 것도 없으며 기쁨과 평화, 행복만 넘치는 천국에서는 구태여 위로해 줄 사람도 위로해 줄 필요도 없기 때문일 겁니다.

비단 항우나 처칠뿐만이 아니라 세계사를 통해 우리는 실패와 역경 속에서도 굴하지 않고 이를 승리와 축복으로 바꾸어 놓은 사람들을 많이 볼 수 있습니다. 그리고 이것은 단지 그들만의 이야기가 아니라 우리들에게도 능히 가능한 일입니다.

거기가 바로 사막이네요

제가 아는 어떤 분이 만성 신부전증으로 10년 이상 집에서 투병생활을 해오고 있는데, 어느 날 신부님과 통화를 하게 되었다고 합니다. 이때 신부님이 그에게 이렇게 묻더랍니다.

"집에서 매일 뭘 하며 보내세요?"

이 말에 그는 별 생각 없이,

"저 같은 사람이 할 게 뭐 있습니까? 그냥 매일같이 가만히 누워서 보내지요." 하고 대답했다는군요.

그러자 신부님이 이렇게 말하더라는 겁니다.

"거기가 바로 사막이네요."

지금 어떤 상황에 처해 있느냐 하는 것보다 더 큰 문제는 삶의 의욕 없이 나태하고 무기력한 삶, 절망과 좌절감에 빠져 아무것도 하지 않고 지내는 삶일 겁니다. 자포자기하여 매일 술로 보낸다면 더 큰 문제입니다. 그리고 이런 삶이 있는 곳이 곧 사막이 아니겠습니까?

나병癩病, 한센병이 무서운 이유 중의 하나는 자기 신체의 일부가 계속 썩어가고 있는데도 환자 자신이 그 통증이나 아픔을 느끼지 못하는 것이라고 합니다. 그래서 처음에는 이 병의 심각성을 깨닫지 못하는 수가 많습니다. 또 그렇기 때문에 치료를 소홀히 하고 방치하다가 심각한 지경에 이르게 된다고 합니다.

삶의 의욕이나 희망도 없이 그냥 하루하루를 보내고 있다면, 그건 결국 자신의 영혼이 병들고 썩어가고 있음에도 불구하고 그걸 자각하지 못하는 것과 다를 바 없는 겁니다.

체인징 파트너

언젠가 제가 탄 7호선 지하철이 청담역을 지나 터널 밖으로 막 빠져나오는 순간, 지하철 안에 있던 사람들의 표정이 갑자기 환하게 밝아지며 탄성을 질렀습니다. 마치 수많은 흰 나비들이 환호하며 날갯짓하듯 잿빛 하늘에서 눈발이 펑펑 쏟아져 내리고 있었기 때문입니다.

약속이라도 한 듯이 모두들 차창 밖을 일제히 내다보며 어린 아이 같은 해맑은 표정을 짓기도 하고, 그 멋진 정경에 연신 감탄사를 터뜨리기도 하고, 사춘기 소녀처럼 센티멘털해지는 것 같기도 하더군요. 저도 물론 그랬습니다.

바로 그때 어디선가 갑자기 감미로운 노래 소리가 들려 왔습니다. 그건 제가 젊은 시절에 아주 좋아하던 패티 페이지의 '체인징 파트너 Changing Partners'였습니다. 그 노래는 지하철에서 옛날 팝송 테이프와 CD를 파는 사람이 틀어 놓은 것이었습니다.

명동의 생맥주집 '오비스 캐빈'을 비롯해서 '로즈 가든', '마음과 마음', '뢰벤부로이', '카이자 호프', '선 다운', '회성 싸롱' 등 70년대 중반 제가 무시로 드나들며 젊음을 발산하던 이들 명동 호프집에서 자주 듣고 쪽지로 신청하기도 하며 좋아했던 이 노래를 아주 오랜만에 다시 듣게 되다니! 그것도 함박눈이 쏟아지는 날, 다리 위를 달리는 지하철 안에서.

함박눈이 펑펑 쏟아지는 날, 좋아하던 옛 노래를 듣는데 어찌 가슴이 설레지 않겠습니까? 그 옛날 이 노래를 들으며 건들댔던 몸짓이 저의 내면에서 다시금 꿈틀대는 것도 느껴졌습니다.

이로부터 몇 년의 세월이 흐른 후의 어느 해 겨울, 고교 동창 딸이 청담역 근처의 어느 호텔에서 결혼한다기에 모처럼 지하철 7호선을 다시 탔습니다. 그리고는 청담교 위를 지나는데, 불현듯 전에 이곳에서 들었던 '체인징 파트너'가 생각나는 겁니다.

더욱이 아침에 잠시 눈발도 날렸기에 영화나 소설에서처럼 전에 그런 장면이 재연되기를 은근히 기대했습니다. 그런데 이런 저의 속마음을 이미 다 알고 기다리고 있었다는 듯 저쪽 칸에서 한 여인이 바퀴 달린 커다란 검은 가방을 끌고 오는 게 아닙니까?

아! 첫눈 내린 날, 그 자리에서 다시 '체인징 파트너'를 듣고 싶었는데! 패티 페이지가 감미롭고도 호소하는 듯한 목소리로 '우리는 꿈같이 멋진 멜로디 속에서 함께 왈츠를 추고 있었지요. 그런데 파트너를 바꾸라는 그 말~ 그러나 나는 그가 다시 내 팔 안으로 되돌아 올 때까지 계속 체인징 파트너를 할 거예요~' 하는 이 노래를 들었으면 했는데…….

그러나 그 여인은 제 기대와는 달리 주위를 흘끔 살피더니 가방 안에서 여성용 팬티스타킹인지 속바지인지 하는 걸 꺼냈습니다. 그리고는 그것들을 흔들어 보이며 이렇게 외치는 것이었습니다.

"한 개 4,000원, 세 개 만 원!"

소나무와 세한도

눈이 많이 내린 날 나뭇가지마다 하얀 눈을 가득 이고 꿋꿋하게 서 있는 소나무의 모습은 참으로 멋스럽고 운치가 있을 뿐만 아니라, 그 넘치는 기상에 감탄도 하게 됩니다. 또한 눈이 하얗게 덮인 산야에서 거센 바람을 맞으면서도 당당히 서 있는 푸르른 소나무에서 풍겨 나오는 그 맑고 푸른 향기는 세상을 정화시키는 느낌마저 듭니다.

소나무는 예로부터 우리 민족이 집이나 사찰 등을 짓는 목재, 갖가지 가구나 농기구의 재료, 땔감 등으로도 많이 이용해 왔습니다. 사람들이 죽어서 마지막으로 들어가는 관棺의 재료로도 많이 쓰였습니다.

뿐만 아니라 우리나라가 가난했던 시절엔 송기松肌, 즉 소나무의 속껍질을 벗겨서 쌀가루를 비롯한 곡식 가루와 섞어서 떡도 만들고 죽도 만들어 먹으며 주린 배를 채웠습니다. 솔향기 그윽한 솔잎으로는 솔잎차나 솔잎주를 만들어 먹었으며, 소나무의 꽃 또는 그 꽃가루인 송화松花 가루로는 송화 다식茶食이나 송화 밀수蜜水 같은 음식들을 만들어 먹기도 했습니다. 상처 부위에는 송진松津을 약으로 썼습니다.

그야말로 소나무는 우리 민족의 삶과 아주 밀접한 관련을 맺고, 오랜 세월 동안 우리 민족과 애환을 함께 해오며 우리 민족의 정신 및 정서를 상징적으로 잘 보여 주고 있는 나무라고 할 수 있지요.

조선 말기의 뛰어난 실학자이자 서화가였던 완당阮堂 김정희金正喜가 제주도 유배지에서 59세 때에 그렸다는 국보 제 180호 '세한도歲寒圖'. 이 '세한도'는 당시 모든 지위와 권력을 박탈당하고 제주도에서 외롭게 귀양살이하고 있던 완당이 자신에 대한 사제 간의 의리를 끝까지 잊지 않고 두 번씩이나 북경에서 귀중한 책들을 구해다 준 그의 제자이자 당시 역관譯官이었던 우선藕船 이상적李尙迪에게 답례로 그려 준 그림입니다.

이 그림을 자세히 살펴보면 한 채의 집을 중심으로 좌우에 소나무와 잣나무가 각각 두 그루씩 대칭을 이루며 서 있는데, 그 주위를 모두 텅 빈 여백으로 처리함으로써 극도의 절제와 간략함을 보여 주고 있습니다. 특히 작가의 거칠고 험난한 삶을 상징하듯, 거칠고 메마른 붓질을 통하여

歲寒圖

추운 겨울 속에서 집과 고목古木이 풍기는 스산한 분위기를 오히려 맑고 담백하게 표현하고 있어 걸작으로 평가받고 있지요.

또한 이 작품에서 완당은 이상적의 인품을 지조 있는 소나무와 잣나무에 비유하면서 공자의 말씀을 인용하여 '날씨가 차가워진 다음에야 비로소 소나무와 잣나무의 시들지 않음을 안다歲寒然後 知松柏之後凋'고 써놓았습니다.

한겨울의 모진 추위를 겪어 봐야 비로소 소나무와 잣나무의 변함없는 높은 지조를 알 수 있듯이, 사람도 어려울 때 정말로 지조와 의리가 있는 사람이 누구인지를 깨닫게 된다는 뜻입니다.

우리도 이 세상을 살면서 많은 사람들을 만나 친구나 직장 동료, 사업 파트너 등이 되기도 하지만, 내가 어렵거나 곤경에 처해 있을 때 진정한 친구가 되어 주는 사람은 그리 많지 않습니다. 또한 누가 정말로 지조와 의리가 있는 사람인지는 완당처럼 어려움을 겪을 때

비로소 깨닫게 됩니다.

내가 잘 나가고 여유 있을 때 혹은 어떤 일에서 성공 가능성이 있거나 장래가 촉망될 때에는 자주 찾아오고 가까운 척하지만, 내가 힘들고 어렵게 되면 외면하는 사람들이 적지 않습니다. 그야말로 달면 삼키고 쓰면 뱉는 사람이요, 꽃의 단물만 빨려는 벌, 나비와도 같은 사람들입니다.

자신에게 얼마만큼 이익이 되는지를 따져 가며 이익이 꽤 된다고 생각될 때에만 찾는 사람들도 있습니다. 특히 직장에서나 사업 파트너들 중에서 이런 사람들을 많이 보게 됩니다. 자신의 잣대로 사람들을 재고 이용가치를 달아 보는 저울과 같은 사람들입니다.

반면 내가 잘될 때나 힘들 때나 변함없이 대해 주고, 언제나 편하고 마음 든든한 사람들도 있습니다. 온갖 새들과 짐승들의 안식처가 되어 주는 좋은 숲과 같은 사람들입니다.

비록 많지는 않지만, 내가 힘들고 외로울 때 발 벗고 나서 도와주고, 격려로 위로와 힘이 되어 주는 사람들도 있습니다. 누구나 조건 없이 받아 주고, 온갖 곡식과 생명을 길러 내는 저 자비로운 대지와도 같은 사람들입니다.

지조 있고 의리 있는 이런 사람들을 벗으로 두고 있는 사람은 참으로 행복한 사람입니다. 축복받은 사람입니다. 인생에 있어서도 사업에 있어서도 지조 있고 의리 있는 벗은 더없이 좋은 동반자이자 소중한 자산이요, 성공의 디딤돌입니다.

완당의 세한도는 그림 자체도 훌륭하지만, 그 속에 깃든 완당과 이상적의 신의와 우정 특히 어떤 상황 속에서도 변함없는 모습을 보여 주는 이상적의 소나무와도 같은 지조가 더욱 마음에 깊이 와 닿는 것 같습니다. 친구나 우정은 소나무처럼 늘 푸르며 고결해야 한다는 생각도 듭니다. 이 그림을 보면서 문득 내 주위를 한번 돌아보게 됩니다.

오가는 발걸음 소리

지금 이 시간에도 세상 한쪽에서는 아이가 새로 태어났다고 기뻐하는 사람들이 있습니다. 환호성도 지릅니다. 그러나 다른 한쪽에서는 지금 이 시간 사랑하는 내 남편, 내 아내 또는 내 부모나 자식이 세상을 떠나 슬퍼하고 있습니다. 불의의 사고로 갑작스럽게 죽은 가족의 시신을 붙들고 몸부림치며 통곡하기도 합니다.

불교의 가르침에 '사고팔고四苦八苦'라는 것이 있는데, 우선 '사고四苦'로는 '생로병사生老病死'라 하여 태어나는 괴로움生苦, 늙는 괴로움老苦, 병든 괴로움病苦, 죽는 괴로움死苦 이 4가지가 있습니다. 그리고 여기에 세상을 살아가면서 겪는 괴로움인 '애별리고愛別離苦, 사랑하는 사람과 헤어지고 만날 수 없는 괴로움', '원증회고怨憎會苦, 원망하고 미워하는 사람과 만나지 않으면 안 되는 괴로움', '구불득고求不得苦, 바라는 것을 구하여도 손에 넣을 수 없는 괴로움', '오음성고伍陰盛苦, 인간의 존재를 구성하는 5가지 요소, 즉 신체 · 감각 · 지각 · 의식 · 인식에 집착함으로써 오는 괴로움'의 4가지를 더해서 '사고팔고'라 합니다. 살다 보면 누구나 외롭고, 괴롭고, 슬프고, 그리울 때가 있는 것입니다.

'애별리고'는 결국 인간은 어쩔 수 없이 사랑하는 사람과 일시적 그리고 언젠가는 영원히 헤어져야만 하는 고통과 슬픔을 안고 살아가야 하는 존재임을 깨우쳐 주고 있는 말입니다. 인간은 누구나 사랑하는 사람을 잃고 슬퍼할 수밖에 없는 숙명적인 아픔을 갖고 태어난 것입니다.

독일의 시인 라이너 마리아 릴케가 그의 시 '엄숙한 시간'에서

지금 이 세상 어디선가 누군가 울고 있다.
세상에서 하염없이 울고 있는 그 사람은
나를 위해 울고 있다.

하고 노래했습니다. 내가 죽으면 이 세상 어디선가 누군가가 나를 위해 웁니다. 뿐만 아니라 내가 병들어 아파하거나 삶의 무게에 짓눌려 고통스러워 할 때에도 어디선가 누군가가 나와 함께 가슴 아파하며 기도합니다.

이러한 처절한 슬픔이나 세상과의 영원한 이별은 나와는 별 상관없이 아주 먼 데 있는 것 같지만, 실상 우리 곁에 그림자처럼 늘 맴돌고 있는 것이며 언젠가는 내게도 어김없이 닥쳐오는 일입니다.

라이너 마리아 릴케가 '엄숙한 시간'에서 또다시

지금 세상 어디선가 누군가 죽어가고 있다.
세상에서 까닭 없이 죽어가고 있는 그 사람은
나를 바라보고 있다.

하고 노래했듯이 지금 이 순간에도 이 세상 어디선가에서는 누군가가 계속 죽어가고 있으며, 그들은 죽어가면서 남은 우리들을 바라보고 있는 것입니다. 그리고 언젠가는 지금 이 세상에 남아 있는 우리도 그들처럼 죽어가면서 남아 있는 다른 사람들을 바라볼 것입니다.

이렇게 우리는 이 세상에 태어나서 자라고, 결혼하고, 아이를 낳고, 병들고, 늙고 그러다가 마침내 때가 되면 어느 한 사람 예외 없이 누구나 다 이 세상을 떠나게 됩니다. 자연의 그 소박한 진리대로 바람처럼 왔으니 바람처럼 가는 것이고, 흐르는 강물처럼 왔으니 흐르는 강물처럼 가는 것이며, 흙에서 왔으니 다시 한 줌 흙으로 되돌아가는 것입니다. 죽음은 누구나 언젠가는 반드시 거쳐야 할 필연적인 코스인 것입니다.

그런데 그 오고 가고, 또다시 오고 가는 발걸음 소리가 왜 이다지도 분주한지 모르겠습니다. 한 번 가고 나면 다시 돌아오지 못하는 길인데 말입니다.

유럽인들로 구성된 사냥꾼들이 아프리카의 어느 오지로 사냥을 나갔습니다. 그리고는 그곳 원주민들을 사냥할 동물들의 몰이꾼으로 고용하여 사냥에 나섰습니다. 그런데 열심히 동물들을 몰며 달리던 몰이꾼들이 갑자기 발걸음을 멈추더니, 그 자리에 주저앉아 쉬는 것이었습니다. 의아하게 생각한 사냥꾼들 중 한 사람이 그들에게 다가가 이유를 물었습니다.

"달리다가 갑자기 왜 멈추고 쉬는 건가?"

그러자 땅바닥에 앉아서 자신들이 달려온 쪽을 바라다보고 있던 몰이꾼들의 우두머리가 말했습니다.

"쉬는 게 아니라 기다리는 겁니다. 너무 급히 달리다 보니, 몸만 여기에 와 있고 마음은 아직 따라오지 못했어요. 그래서 마음이 따라올 때까지 기다리고 있는 겁니다."

준마駿馬처럼 잘 달리는 세월 속에서 어느덧 또 한 해가 가고 있습니다. 벽에는 빛바랜 달력 몇 장이 외롭고 쓸쓸하게 걸려 있고, 그것을 바라보는 마음이 왠지 아쉽고 착잡하기만 합니다. 서글픔 같은 것이 가슴속에서 조금 일렁이기도 합니다.

문득 덜컹거리는 기차를 타고 몸은 여기까지 와 있지만, 마음은 아직 뒤따라오지 않은 것 같다는 생각이 듭니다. 거센 세파에 떠밀려 몸만 덜컹거리며 바쁘게 달려왔을 뿐 마음은 아직도 저 뒤편에 처져 있는 게 아닐까 하는 생각도 갖게 됩니다.

또 한 해의 종착역에 가까워진 이때야말로 아프리카의 동물 몰이꾼들처럼 그동안 숨 가쁘게 달려온 육체를 잠시 멈추어 쉬게 하고, 몸과 떨어져 뒤처져 있는 자신의 마음을 기다리며 지나온 시간들을 조용히 돌이켜 볼 때입니다.

먹고 살기에 바쁘다며 몸만 다그쳐 왔지, 내 마음이나 영혼에는 별로 신경 쓰지 않았던 나를 반성하며 내 마음과 영혼의 상태를 다시금 점검해 보아야 할 때인 것입니다.

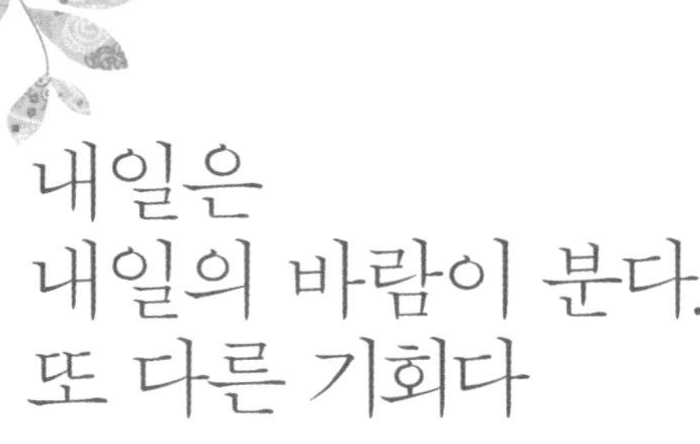

내일은 내일의 바람이 분다. 또 다른 기회다

1950년 12월, 유난히도 추웠던 그 겨울에 북진했던 미 해병 1사단은 개마고원의 장진호에서 중공군 대병력에게 포위되고 말았습니다. 하지만 미 해병은 중공군과 사투를 벌이며 함흥으로 철수할 수 있었습니다.

이때 미국의 〈라이프〉지 종군기자가 초췌한 모습으로 길가에 앉아서 꽁꽁 언 통조림을 포크로 쿡쿡 찌르며 파먹고 있던 해병대원에게 다가가 물었습니다.

"지금 가장 절실한 게 뭡니까?"

그러자 이 해병은 몹시 지친 표정과 충혈된 눈으로 기자를 흘끔 쳐다보더니, 이렇게 한 마디 툭 던졌다고 합니다.

"내일이오."

2장

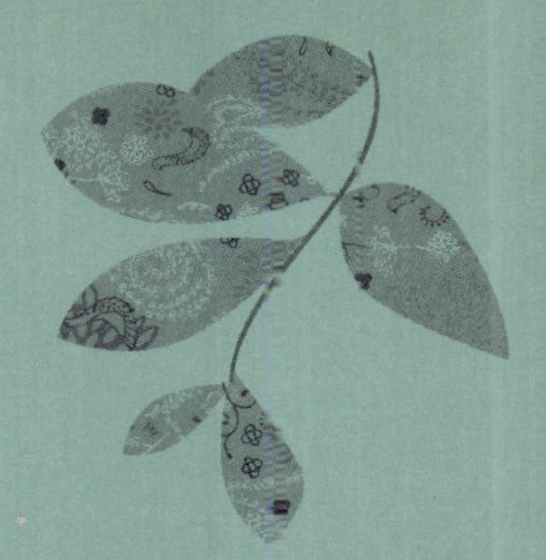

봄처럼 일어나라.
희망을 품고 달려라

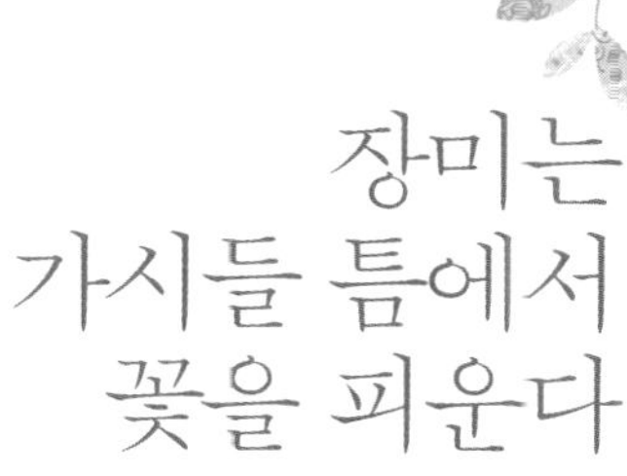

장미는 가시들 틈에서 꽃을 피운다

장미꽃은 수많은 가시들 틈 속에서 자라납니다. 가시가 가로막고 있다고 해서 성장을 멈추거나 꽃 피우기를 게을리하지 않습니다. 오히려 더욱 강한 의지로 그 가시들을 뚫고 아름답고 향기로운 꽃들을 피워 냅니다. 제아무리 날카로운 가시라 할지라도 기필코 꽃을 피우고야 말겠다는 장미의 간절한 열망과 치열한 삶의 의지를 멈추게 하지는 못합니다.

우리들의 삶 속에서도 이 장미꽃의 가시와도 같은 가시가 없을 수는 없습니다. 일시적인 것이든 지속적인 것이든 우리들의 삶에는 어떠한 형태로든 가시가 있기 마련입니다. 아픔 없는 영혼이란 어디에도 없습니다. 아무리 행복해 보이는 사람이라 할지라도 그만이 겪는 가시와 아픔은 다 있습니다.

그러나 내 가시, 내 아픔만이 유독 커 보입니다. 나만 겪는 시련처럼 생각되기도 합니다. 그래도 선하게 살려고 했는데, 남들에게 크게 잘못한 일도 없는데 왜 나에게 이런 시련이 닥치느냐며 세상을 원망하고 부모나 환경을 탓하고 울분을 터뜨리기도 합니다.

하지만 우리가 삶의 시련 속에서 이리 뒤틀리고 저리 뒤틀리는 것은 우리 영혼의 자루가 더욱 풍성히 채워지기 위한 것이며, 가시에 찔리듯 이리 찔리고 저리 찔리는 고통 또한 우리의 무뎌진 영혼을 깨우기 위한 것입니다. 이러한 자극이 있어야 보다 빨리 깨어납니다.

가시 없는 삶은 자칫 교만과 아집을 갖게 하기 쉽습니다. 나태해지거나 타인의 아픔을 생각하지 못하게 할 염려도 있습니다. 가시에 찔려 본 사람만이 가시가 주는 아픔을 알 수 있듯 고통을 겪어 본 사람만이 고통을 겪는 사람들의 아픔을 제대로 알 수 있습니다.

장미가 가시들 틈 속에서 자라며 그것을 뚫고 피어나야 하는 것이 어쩔 수 없는 숙명이라면, 고통과 시련의 가시들 속에서도 굴하지 않고 장미꽃 같은 삶을 살아야 하는 것 또한 우리들이 가야 할 길입니다. 가시 돋친 삶 속에서 온갖 아픔과 시련의 몸살을 앓으면서도 뜨거운 가슴으로 장미꽃 같은 삶을 피워내는 사람은 더욱 아름답고 존귀합니다.

꽃은 그냥 피지 않는다

피어난 꽃들은 아름답고 향기롭지만, 그렇게 한 송이 꽃을 피울 때까지 치열한 삶의 투쟁을 끊임없이 해온 것입니다. 땅에 떨어진 씨앗이 깨지고 썩지 않고서는 결코 새 생명을 다시 세상에 내보낼 수 없습니다.

어느 것 하나라도 결코 그냥 피어난 것은 없으며, 땅속이나 바위 틈 사이로 힘들게 뿌리를 뻗어 온갖 장애물들과 싸우고, 모진 바람과 추위와 싸우고, 눈과 비와 싸우며 끊임없이 투쟁해 왔던 것입니다. 살기 위해 또 살아남아 아름다운 꽃 한 송이를 피우기 위해 그토록 치열하게 살아 왔던 거지요. 삶

준비된 삶, 준비하는 사람

세계적인 명지휘자였던 이탈리아의 토스카니니는 원래 첼로 연주자였습니다. 하지만 그는 불행하게도 아주 심한 근시라서 바로 눈앞에 있는 악보조차 제대로 볼 수 없었습니다. 그래서 평소 연습할 때 악보를 모두 외워 둘 수밖에 없었습니다.

그러던 어느 날, 그가 속해 있던 관현악단의 지휘자가 갑자기 사정이 생겨 지휘를 할 수 없게 되었습니다. 악단에서는 그를 대신하여 지휘할 사람을 급히 찾았습니다. 악단을 지휘하기 위해서는 우선 연주회에서 연주할 모든 곡들을 다 외우고 있지 않으면 안 됩니다. 그러나 그 많은 단원들 중에서 이 모든 곡들을 다 외우고 있는 사람은 오직 한 사람 토스카니니뿐이었습니다.

토스카니니가 임시 지휘자로 발탁되어 연주회 지휘를 하게 되었는데, 이때 그의 나이 불과 19세였습니다. 하지만 그는 우연히 찾아온 이 기회를 놓치지 않고 잘 잡아 성공적으로 연주회를 마침으로써 그 후로도 계속 악단의 지휘를 할 수 있게 되었을 뿐만 아니라 마침내 세계적인 명지휘자가 되었던 것입니다.

우리도 살다 보면 토스카니니처럼 자신을 성공으로 이끌 수 있는 기회를 맞게 됩니다. 아무리 운이 없다는 사람이라 할지라도 인생을 살면서 몇 번은 이런 좋은 기회를 맞게 되기 마련입니다.

그러나 많은 사람들이 이런 기회를 놓치는 이유는 자신에게 주어진 기회임을 잘 모르고 대수롭지 않게 여겨 놓쳐 버리거나, 평소 준비가 제대로 되어 있지 않아 절호의 기회를 자신의 것으로 만들지 못하기 때문입니다.

현명한 사람은 언젠가 자신에게도 좋은 기회가 반드시 올 것을 믿고, 좋은 기회가 왔을 때 놓치지 않도록 평소에 준비를 철저히 합니다. 그리고 기회가 왔을 때 이를 절대 놓치지 않습니다. 그래서 성공도 하고, 자신의 목표도 이룹니다.

기회란 누구에게나 다 열려 있는 바다나 창공과도 같은 것입니다. 다만 기회를 잘 포착하여 적절히 활용하면 성공의 가능성은 그만큼 커지는 것이고, 제대로 활용하지 못하고 놓쳐버린다면 성공 또한 물거품처럼 사라질 수밖에 없는 것입니다.

별을
빛나게 하는 건
밤

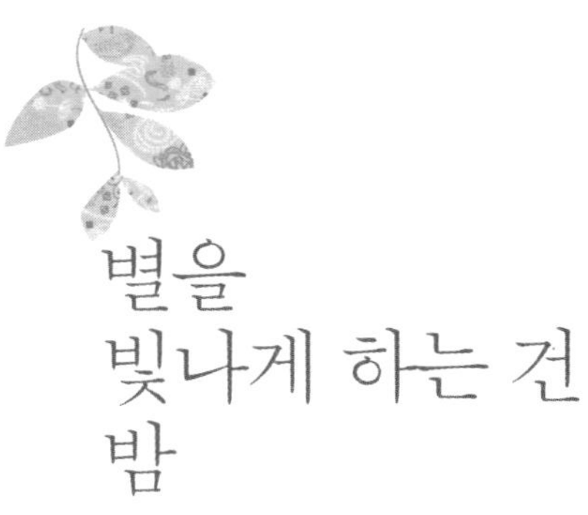

밤하늘에 총총히 빛나는 별이 아름다운 것은 어두운 밤이 있기 때문입니다. 만일 밤이라는 배경이 없다면, 별은 잘 보이지 않을 것입니다. 달도 마찬가지입니다. 캄캄하게 어두운 밤이 있어야 달도 더욱 아름답고, 운치 또한 있는 법입니다.

말하자면 별이나 달, 은하수는 그 뒤에서 자신을 받쳐 주는 어둡고 깊은 밤이 있기에 그 빛과 아름다움을 더욱 뽐낼 수 있는 것이지요. 하지만 사람들은 흔히 별이나 달, 은하수의 그 아름다움은 노래하면서도 그 뒤에 묵묵히 존재하는 어두운 밤은 미처 생각하지 못하는 수가 많습니다.

승리나 성공의 기쁨을 더욱 크고 빛나게 해주는 것도 그동안 겪은 실패로 인한 아픔과 서러움입니다. 패배나 실패로 인한 아픔이 있었기에 성공은 더욱 크고 값지며 기쁜 것입니다.

우리는 흔히 직장이나 사회, 학교 또는 각종 모임이나 단체 등에서 리더나 인기인이 되고 싶어 합니다. 즉 남들로부터 인정받고 주목받는 '스타'가 되고 싶은 심리가 크든 작든 우리들 마음속에 은밀히 내재되어 있습니다.

하지만 별이나 달이 된 '나'보다는 누군가를 위해 양보하고 희생하는 '나'가 더욱 아름답지 않을까 하는 생각도 해봅니다. 모두가 다 별이 될 수도 없겠지만, 별을 더욱 빛나게 해주는 밤하늘도 분명 가치 있고 또 있어야 할 존재이기 때문입니다.

모두가 다 소중하다

따사로운 봄이 되면 여기저기서 꽃망울이 하나둘씩 터집니다. 그 모습이 너무도 아름답고 신비롭기까지 합니다. 그런데 주의 깊게 살펴보면 좀 일찍 꽃망울을 터뜨리는 것들이 있는가 하면, 좀 늦게 꽃망울을 터뜨리는 것들도 있습니다. 뿐만 아니라 어떤 것들은 그 꽃망울이 아주 크고 탐스러운데 비해 또 어떤 것들은 작고 볼품없기도 합니다. 강한 바람에도 끄떡없는 것들도 있고, 약한 바람에도 힘없이 떨어지는 꽃망울들도 있습니다. 채 펴보지도 못하고 쉽게 떨어지는 꽃망울도 있습니다.

산에 쌓인 눈도 그 녹는 속도가 다릅니다. 하늘에서 비추는 햇볕은 같지만 양지쪽은 빨리 녹고, 음지쪽은 늦게 녹습니다. 음지의 바위틈이나 음습한 골짜기 같은 곳은 한겨울이 다 가도록 눈이 녹지 않는 수도 있습니다.

사람 사는 것도 그렇습니다. 어떤 사람은 일찍 머리가 깨고, 빨리 출세합니다. 가장 먼저 화려한 꽃망울을 터뜨리는 꽃과 같다고 할 수 있습니다. 그러나 어떤 사람들은 남들보다 늦게 공부를 잘한다든가, 뒤늦게 성공하기도 합니다. 나뭇가지 끝이나 응달 속에 있다가 뒤늦게 꽃망울을 활짝 터뜨리는 것과도 같은 대기만성大器晩成형의 사람이라고 할 수 있겠지요.

그러니 지금 내가 남들보다 좀 뒤쳐져 있다고 해서 실망하거나 좌절할 필요는 없는 것입니다. '늦게 뜨는 별이 더 밝다'는 말도 있듯이, 나도 '늦게 뜨는 별'처럼 뒤늦게 빛날 수 있기 때문입니다.

오늘의 꼴찌가 내일은 1등이 될 수도 있는 것입니다. 학교 다닐 때 공부도 못하고 빌빌거리던 친구가 훗날 크게 성공하여 목에 힘주고 다니는 모습을 보기란 어렵지 않습니다. 반면 학교 다닐 때에는 공부도 잘하고 똑똑해서 장래가 촉망된다고 했던 친구가 세상살이에서는 실패하는 경우도 얼마든지 볼 수 있습니다. 뿐만 아니라 학교 다닐 때에도 그랬는데, 훗날 나이가 들어서도 계속 작고 볼품없는 꽃망울처럼 별로 주목받지 못하고 어렵게 살아가는 사람들도 있습니다. 비바람에 금방 떨어지는 꽃망울처럼 세상살이에 제대로 적응하지 못하거나 실패를 거듭하는 사람, 출세나 성공과는 거리가 먼 사람, 쉽게 병들거나 수명이 짧은 사람들도 있습니다.

그러나 이들 모두 중 어느 하나도 소중하지 않은 사람은 없습니다. 크고 가치 있어 보이는 것만 소중한 것이 아니라 그렇지 못한 것들도 똑같이 소중한 존재들인 것입니다.

노자老子가 제자들과 함께 길을 가다가 어느 산속에서 많은 인부들이 숲속의 나무들을 베어 내고 있는 모습을 보았습니다. 그런데 인부들은 다른 나무들은 다 베어 내면서도 오직 한 나무만은 베지 않고 그냥 놔두고 가는 것이었습니다. 그 나무는 무척 크고 가지와 잎사귀들이 무성한 나무였습니다.

이것을 본 노자가 인부들에게 다가가 베지 않는 나무를 가리키며 물었습니다.

"어째서 이 나무는 베지 않았습니까?"

그러자 인부들 중 한 사람이 이렇게 대답했습니다.

"이 나무는 덩치만 컸지 아무런 쓸모가 없습니다. 뒤틀려 있고 단단하지도 못해 목재로 쓸 수가 없습니다. 게다가 연기가 많이 나고 그 냄새도 독해 땔감으로도 쓰지 못합니다. 그래서 그냥 내버려 둔 것입니다."

그런데 잠시 후에 보니까 인부들이 그 큰 나무의 그늘 아래에 모여 앉아 땀을 식히고 더위를 피하는 것이었습니다. 뿐만 아니라 그곳에 둘러앉아 저마다 가져온 도시락들을 꺼내 먹기도 했습니다. 쓸모없다고 한 나무가 인부들의 더위와 땀을 식혀 주고, 편안하게 밥을 먹을 수 있는 휴식처가 되고 있었던 겁니다. 이처럼 우리가 쓸모없다고 생각하는 것들도 그 나름대로의 쓸모를 갖고 있기 마련입니다. 단지 그 쓸모를 찾지 못했거나 느끼지 못할 뿐입니다.

더욱이 인부들이 쓸모없다고 버려 둔 이 나무는 그 산속의 나무들이 다 베어지고 나면, 홀로 살아남아 산을 지키는 유일한 나무가 될 것입니다. 그리고 벌목으로 인해 황폐해진 산이 새로운 나무들로 복원될 때까지 그 산을 지키며 새로운 후손들을 퍼뜨리겠지요.

'굽은 나무가 선산을 지킨다'는 옛말도 있습니다. 좋은 나무들은 다 잘려 나가 선산을 지키기 어렵지만, 사람들이 쓸모없다며 거들떠보지도 않는 굽고 보잘것없는 나무가 끝까지 살아남아 선산을 지킨다는 뜻입니다.

늙고 병든 부모를 모시고 효도하는 것도 소위 말하는 '똑똑하고 잘난 자식들'이나 '사회에서 출세한 자식들'이 아니라 세상에서 별 볼일 없다고 여기는 이른바 '못나고 부족한 자식'인 경우가 많습니다. 아마 주위에서 이런 모습 종종 보셨을 겁니다.

결국 우리가 흔히 쓸모없다고 여기는 것들도 저마다의 가치는 지니고 있는 것이며, 인간 또한 각기 쓰임새만 다를 뿐 전혀 쓸모없는 인간이란 없다는 이야기입니다. 모두가 다 소중하다는 이야기입니다.

영원한 봄날은 없다

비는 언제나 올 수 있는 것입니다. 바람도 언제나 불 수 있는 것입니다. 지금 화려함을 뽐내고 있는 꽃들도 언제나 떨어질 수 있는 것입니다. 바다가 지금 잔잔하다고 해서 언제나 잔잔한 것은 아닙니다. 언제든 풍랑은 들이닥칠 수 있는 것이지요.

봄날이 따뜻하고 아름답다고 해서 그 봄날이 언제까지나 계속되는 건 아닙니다. 봄날은 갑니다. 숲에서 머물던 새들이 날갯짓하며 날아가듯 봄날도 그렇게 훨훨 날아가기 마련인 것입니다.

이와 마찬가지로 인생에서 고난의 비, 시련의 바람은 언제든지 올 수 있는 것이며, 아름다움 속에도 고뇌와 슬픔, 아픔은 함께 존재하는 것입니다. 실패도 하고 좌절도 하며, 성공과 기쁨 뒤에 모진 시련과 아픔이 따르기도 합니다. 뜻하지 않았던 병마가 들이닥쳐 괴롭히는 수도 있습니다.

한 여인이 어느 신부님을 찾아가 이렇게 호소했습니다.

"신부님, 갖가지 문제들 때문에 너무나 힘듭니다. 산 너머 산이라고, 문제 하나가 해결되면 또 다른 문제가 생기고 걱정, 근심이 떠날 날이 없어요. 제발 고민 없는 삶을 한번 살아 봤으면 좋겠습니다."

그러자 신부님은 잠시 생각하더니 말했습니다.

"걱정, 근심도 없고 고통도 없으며, 문제 또한 전혀 없는 사람들만 모여 있는 곳에 데려다 주겠소. 날 따라 오시오."

이러더니 신부님은 그 여인을 데리고 어느 공동묘지로 가는 것이었습니다. 그리고는 그곳에서 어리둥절한 표정을 짓고 서 있는 여인에게 다시 이렇게 말합니다.

"여기가 바로 걱정, 근심도 없고 고통도 없으며, 문제 또한 전혀 없는 사람들이 모여 있는 곳입니다. 다들 죽었으니까 더 이상 고민할 게 없는 사람들이죠. 문제가 없는 삶이야말로 문제인 겁니다."

그렇습니다. 문제가 없는 삶이야말로 문제인 것입니다. 왜냐하면 문제가 없는 삶이란 곧 죽음을 의미하기 때문입니다. 살아 있는 한 어느 누구에게도 걱정과 근심, 고통과 시련, 문제가 없을 수는 없는 것입니다.

그런데 많은 사람들이 걱정하고 고민하는 것을 살펴보면 크게 걱정하지 않아도 될 것을 가지고 걱정하고, 하찮은 문제를 가지고 고민하는 수가 많습니다. 심지어 일어날 가능성이 거의 없는 문제를 가지고 걱정하며 불안해하기도 합니다.

'사람들은 흔히 맑고 화창한 날을 좋아하지만, 만일 그런 날만 계속된다면 세상은 온통 사막이 되고 말 것이다'라는 사우디아라비아의 속담이 있습니다. 우리 인생에 있어서도 맑고 화창한 나날만 계속된다면, 그 영혼은 나태와 안일함에 빠져 사막처럼 황폐화되기 쉽습니다.

오히려 고통과 시련의 비바람이 우리의 영혼을 더욱 성장시키고 강건하게 해줄 수 있습니다. 그래서 고통과 시련이 있는 삶이 오히려 축복일 수도 있다는 것입니다. 고통과 시련 없는 삶이 어쩌면 불행이요, 더 큰 고통인 것인지도 모릅니다.

지금 우리에게 필요한 것은 어떤 문제나 고통과 시련이 없는 삶이 아니라 언제 나에게 풍랑처럼 들이닥칠지 모를 것들에 대해 잘 대비하는 삶입니다. 현명한 사람은 걱정하기보다 미래를 준비합니다.

'샤론의 장미'를 생각한다

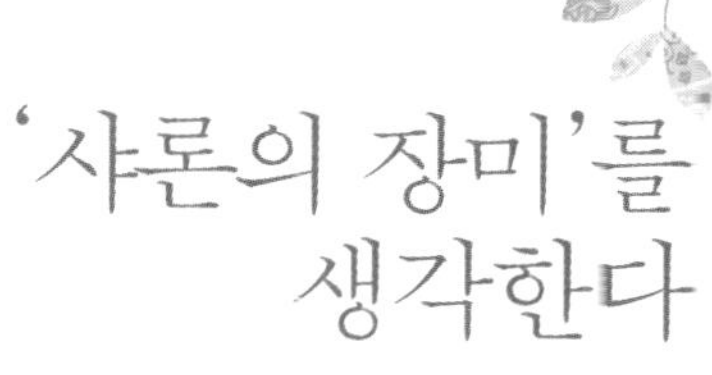

1930년대 미국에서 다 경제 공황이 일어났을 때, 미국의 농민들은 대자본과 기계 문명에 쫓겨 정든 고향과 자신들의 분신이나 다를 바 없는 소중한 농토를 잃고 유랑민이 되어 캘리포니아로 몰려갑니다. 그러면서 많은 사람들이 굶주림과 피로에 지쳐 곳곳에서 무참히 쓰러집니다. 분노하고, 슬퍼하고, 더 이상 희망은 없다며 좌절하기도 합니다.

이때의 그 안타깝고도 비극적인 참상을 미국의 작가 존 스타인벡은 그의 장편 소설 〈분노의 포도〉를 통해 아주 리얼하게 그려 내고 있는데, 이 소설의 마지막 장면을 보면 이런 이야기가 나옵니다.

죠오드 가의 장녀이며 친정 식구들과 함께 처량한 유랑민 신세가 되어 서부로 가던 한 젊은 여인, 일명 '샤론의 장미'라는 로자샤안은 길을 가다가 굶주림과 피로에 지쳐 빈사 상태로 길가에 쓰러져 있는 50대의 한 사내를 보게 됩니다.

그러나 이 사내에게 다가가는 사람은 아무도 없었습니다. 모두가 굶주리고 지친 상태였기 때문에 타인의 그런 모습이나 고통, 불행쯤은 쉽게 외면해 버려도 그만인 상황이었던 겁니다. 하지만 '샤론의 장미'만은 도저히 그냥 지나치지 못합니다.

그녀는 잠시 망설이다가 그 사내 곁으로 다가갑니다. 그리고는 빈사 상태에 빠진 그 낯모르는 사내를 살며시 자신의 품 안에 안습니다. 그러더니 마치 엄마가 어린 아이에게 젖을 먹이듯이 자신의 호벅진 가슴을 풀어 그 사내에게 젖을 먹입니다. 그러면서 그녀는 자신의 품 안에 안긴 채 어린 아이처럼 젖을 빨고 있는 그 사내를 내려다보며 기쁨과 환희에 찬 신비로운 미소를 짓습니다.

언젠가 우리나라의 한 젊은 여성 시나리오 작가가 지하 셋방에 살면서 굶주림과 지병에 시달리다가 집 앞에 '창피하지만 며칠째 아무것도 못 먹어서 남는 밥이랑 김치가 있으면 저희 집 문 좀 두드려 주세요'라는 내용의 쪽지를 붙여 놓고는 쓸쓸히 사망한 일이 있습니다.

그의 안타깝고도 쓸쓸한 죽음을 전해 들으면서 저는 한동안 가슴이 먹먹해짐을 느꼈습니다. 마음이 아프고 속도 상했습니다. 그러면서 오래 전에 읽었던 이 소설과 특히 '샤론의 장미'의 그 따뜻한 인간애가 생각났습니다. 이와 함께 배고파 하며 지병에 신음하다 죽은 이 시나리오 작가에게 '샤론의 장미'같은 구원의 손길이 없었다는 사실에 더욱 안타까움을 금할 수 없었습니다.

이웃에 굶주리고 병마에 시달리다 죽어가는 사람이 있어도 모르고 외면하는 이 세상. 나눔이 부족한 세상. 우리가 사는 세상은 가난한 사람들이 혼자 살기에는 너무나 춥고 힘들고 외로운 곳입니다. 누군가의 관심과 사랑, 도움의 손길이 절대 필요한 곳입니다. 세상은 날로 좋아지고 있다고 하지만, 아직도 세상이 어둡고 춥게만 느껴지는 사람들이 많습니다. 사는 게 너무 힘들고 외롭다는 사람들도 적지 않습니다. 사랑과 도움이 절실히 필요한 사람들입니다. 사회적 관심과 나눔도 요구되는 사람들입니다.

우리는 흔히 가진 게 없어 나눌 게 없다고 생각하지만, 실상 우리에게는 나눌 게 많이 있습니다. 몸이 건강하다면 육체적으로 아픈 사람들을 도와줄 수 있고, 한 가지 재능으로도 얼마든지 남을 도울 수 있는 것입니다.

만일 그런 것들마저 없더라도 나의 따뜻한 위로의 말 한 마디나 관심, 격려, 칭찬만으로도 지치고 마음 아픈 사람들에게 얼마든지 힘과 용기를 북돋아 줄 수 있습니다. 나의 부드러운 미소 하나만으로도 남을 기쁘고 행복하게 해줄 수 있습니다.

다른 사람, 특히 외롭고 힘든 사람의 말이나 하소연에 귀를 기울여 주는 것도 훌륭한 나눔의 행위입니다. 그런 사람들의 말을 들으면서 공감을 표시하거나 안타까운 표정을 지으며 관심을 보이는 것만으로도 내 마음을 나누고 서로 소통하는 행위가 되는 것이지요.

그만큼 우리는 모두 남에게 나누어 줄 게 하나도 없을 만큼 가난하지 않습니다. 오히려 누구나 남에게 나누어 줄 수 있을 만큼 충분히 가지고 있습니다. 단지 남과 나누려는 마음을 갖고, 내게 있는 것들 중에서 나눌 수 있는 것을 찾아 남과 나누면 되는 것입니다. 그것이 세상의 잣대로 볼 때 큰 것인가 작은 것인가 하는 것은 그리 중요한 일이 아닙니다. 나의 따뜻한 마음과 사랑이 깃든 진정한 손길이 보다 중요한 것입니다.

친구의 병문안을 가야 하는데, 가난한 화가 이중섭에게는 돈이 없었습니다. 그는 종이 위에 탐스럽게 잘 익은 복숭아 몇 개를 그려 병실에 누워 있는 친구 앞에 내놓으며 말했습니다.

"자네가 좋아하는 복숭아야."

진실한 마음보다 더 큰 선물은 없습니다. 나누는 것은 자신을 가난하게 만드는 것이 아니라 오히려 자신을 더욱 부자로 만듭니다.

광야같이 거칠고 험난한 이 세상에 '샤론의 장미'같은 사람들이 좀 더 많아졌으면 합니다. 가진 사람, 못 가진 사람들이 모두 똑같은 인간으로서 서로 부둥켜안고 위로하며 사랑하는 세상이 된다면 정말 좋겠습니다.

그 꽃들은 다 어디로 갔나

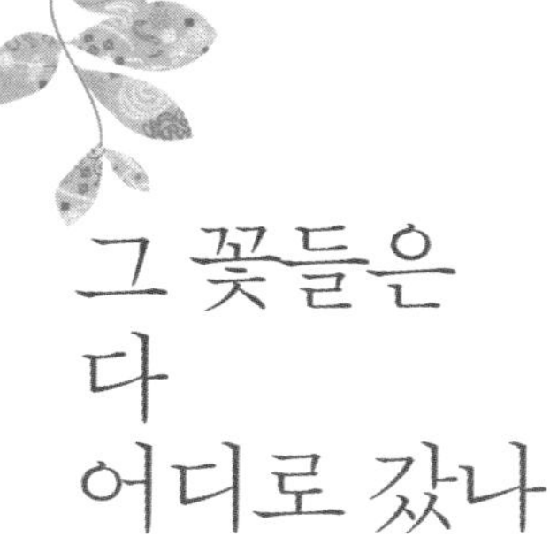

한여름의 태양이 눈부신 이른 아침, 산책길에 나섰다가 문득 아파트 화단이며 동네 길가에서 채송화, 나팔꽃, 봉선화, 분꽃, 맨드라미 등과 같은 예전에 여름철만 되면 어디서나 흔히 볼 수 있었던 우리 토종 꽃들이 하나도 보이지 않는다는 사실을 발견했습니다. 놀랐습니다. 으레 예전 모습 그대로 그 자리에 있을 줄 알았는데 뜻밖이었습니다.

햇살 따가운 한여름이 되면 어김없이 우리 곁에 찾아와 친구가 되어 주던 이 꽃들은 대체 어디로 갔단 말입니까?

어렸을 때 저의 집 마당에는 여름철만 되면 이른 아침부터 붉은 빛, 노란 빛 등 갖가지 색깔의 키 작은 채송화들이 가득 피어나곤 했습니다. 그리고 이 채송화들은 한낮의 땡볕 속에서도 지치지 않고 여전히 예쁘고 활기찬 모습을 보여 주었습니다. 특히 채송화는 그 줄기를 뚝뚝 끊어서 심기만 해도 잘 살아나는 생명력이 아주 강한 화초라서 번식도 잘 되고 집집마다 많이들 심었지요.

이른 아침에 활짝 피어나 환하게 웃으며 깔깔거리다가 햇볕이 뜨거워지기 시작하는 아침 9시쯤 되면 벌써 봉오리를 조금씩 오므려 닫기 시작하던 나팔꽃들. 뜰 앞 마당가나 장독대 옆에서 수줍은 듯 얼굴을 붉히며 피어나던 연분홍 빛 혹은 붉거나 희거나 자주색 빛도 있던 봉선화들. 저물어 가는 해가 아쉬운 듯 머뭇거리던 저녁 무렵이 되면 살며시 얼굴을 내밀던 분꽃과 그 꽃모양이 마치 검붉은 닭 벼슬과도 같던 맨드라미 등도 여름철이면 흔히 볼 수 있었던 우리와 친근했던 토종 꽃들입니다.

비록 이런 토종 꽃들은 장미나 팬지 같은 요즘의 외래종 꽃들에 비하면 좀 촌스럽게 보일지도 모르지만, 보면 볼수록 정겹고 친근하게 느껴지는 꽃들입니다. 소박하면서도 은근한 아름다움도 있습니다.

더욱이 시계가 없던 옛날에는 오후 5시쯤 되면 어김없이 꽃을 피우기 시작하던 분꽃이 시계 역할도 했습니다. 아낙네들은 부엌문과 마주보이는 뜰 앞의 작은 마당가나 장독대 옆에서 하나둘씩 피어나기 시작하는 분꽃을 보고 저녁밥 지을 때가 되었다는 것을 알아차린 듯 싱긋 미소 지었습니다. 할머니들은 분꽃이 기지개를 켜며 벌어지는 것을 보고 이제 막

시집 온 어린 손주 며느리에게 어서 보리쌀을 가마솥에 안치라며 살짝 귀뜸해 주기도 했습니다. 분꽃은 비가 오더라도 부슬비든 소낙비든 상관하지 않고 그 비를 흠뻑 맞으면서도 활짝 꽃을 피우기 때문에 시계로서는 더욱 안성맞춤이었습니다.

하지만 요즘에는 이런 토종 꽃들을 도시는 물론 시골에서도 흔히 볼 수 없게 되었습니다. 외래종 꽃들에 밀려 도태된 것일까요, 세월과 함께 꽃도 유행을 타는 걸까요?

신록이 넘치는 여름날 아침에 혹은 뜨거운 땡볕 아래에서 그리고 쏟아지는 빗줄기 속에서도 활기차게 피어나는 이 토종 꽃들의 밝고 해맑은 웃음을 주위에서 다시 보고 싶습니다.

설탕물처럼 찐득거리던 여름 날씨마저 잊게 해주던 그 아름답고 정겹던 토종 꽃들을 다시금 바라보며 그들과 함께 웃고 행복해 하며 옛 추억에 젖고 싶습니다.

나도 못할 게 없다

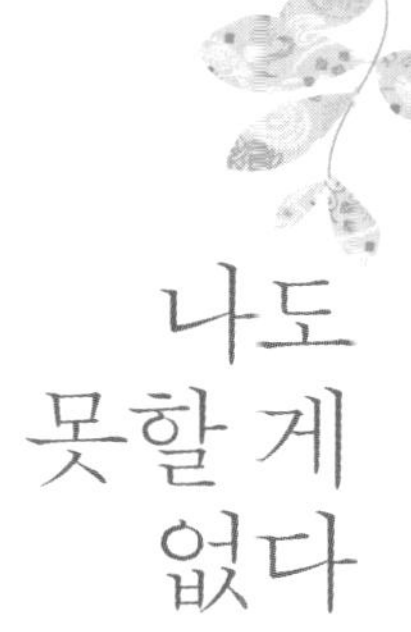

중국의 스타 발굴 대회 '중궈다런슈'에서 첫 우승자가 된 22세 청년 류웨이. 그는 열 살 때 감전 사고로 두 팔을 모두 잃은 장애인입니다. 그러나 그는 어려서부터 음악가가 되겠다는 꿈을 갖고 혼자 발가락으로 피나는 피아노 연습을 계속해 왔습니다. 그리고 마침내 이 대회에서 손가락이 아닌 발가락으로 뛰어난 피아노 연주 실력을 보여 줌으로써 이를 지켜보던 수많은 사람들을 감동시키며 우승의 영광을 차지했습니다. 그는 이런 말을 했습니다.

"내겐 오직 2가지 선택만이 있었습니다. 빨리 죽어 버리거나 신나는 삶을 살거나. 그러나 나는 신나게 살고 싶었고, 후자를 택했습니다."

어느 지하철에서 40대 후반의 한 사내가 듬성듬성 자리에 앉은 승객들을 향해 외쳤습니다.

"조용한 차내에서 이렇게 떠들어 죄송합니다만, 값 싸고 좋은 칫솔을 가지고 나왔습니다. 칫솔 5개가 들어 있는 한 세트가 단돈 1,000원입니다."

이러면서 그는 칫솔 묶음들을 가방에서 꺼내 승객들에게 돌렸습니다. 그러나 승객들은 모두 시큰둥한 반응만 보일 뿐 사는 사람은 아무도 없었습니다. 그러자 이 칫솔 외판 사내는 승객들에게 돌렸던 칫솔 묶음들을 거두어 가방 속에 넣더니, 승객들을 향해 다시 말했습니다.

"여러분, 전 여기서 칫솔을 하나도 팔지 못했습니다. 그렇다면 제가 실망했겠습니까? 안 했겠습니까?"

뜬금없는 그의 말에 승객들이 어리둥절한 표정으로 그를 바라보고 있는데, 한 중년 사내가 그를 향해 퉁명스럽게 한 마디 했습니다.

"그야 당연히 실망했겠지. 하나도 못 팔았다면서!"

그런데 이 칫솔 외판 사내는 빙긋이 웃으며 이렇게 대답하는 것이었습니다.

"그렇습니다. 하나도 못 팔아 실망했습니다. 하지만 저에게는 희망과 가능성이 있습니다. 다음 칸에서는 팔 수 있다는 그 희망과 가능성 말입니다."

이러더니 그는 승객들을 향해 가볍게 손을 흔들어 보이고는 가방을 들고 다음 칸으로 유유히 건너가는 것이었습니다. 그는 비록 어려운 현실 속에 살고 있지만, 주어진 현실을 인정하며 '다음 칸'이라는 희망과 가능성을 믿고 용기를 내어 살아가고 있었던 겁니다. 그리고 그런 희망과 가능성이 있기에 그는 잠시 실망은 하더라도 다시 힘을 낼 수가 있었던 것이고요.

지금 많은 사람들이 현재 하는 일이 잘 풀리지 않아서 또는 불투명한 미래 속에서 두려워하고, 좌절하고, 절망에 빠져 있습니다.

그러나 이럴 때 무엇보다도 가장 좋은 '약'은 미래에 대한 희망과 함께 나도 못할 게 없다는 '자신감'입니다. 이것마저 없다면 힘든 삶은 더욱 빨리 무너져 내리기 마련입니다. 우리를 온갖 시련과 역경에서 구해내는 것도 '희망'과 '자신감'이며, 이런 것들이 없는 영혼은 결국 아무것도 쟁취할 수가 없는 법입니다.

또한 지금 살아 있다는 것, 그것 하나만으로도 희망과 가능성은 이미 그 속에 충분히 존재하는 것입니다. 단지 그것을 스스로 일으켜 세우느냐, 그냥 주저앉고 마느냐에 따라 결과가 크게 달라질 뿐입니다.

절대 고독의 시간

어렸을 때 저는 안방 위에 있던 작은 다락방에 올라가 혼자 있기를 좋아했습니다. 비록 천장이 낮아 몸을 움직이기에도 불편하고, 좀 어둡고 갑갑할 뿐만 아니라 여름에는 덥고 겨울에는 추운 공간이었지만, 전 그래도 그곳에 있으면 왠지 편안하고 나만의 자유를 얻은 듯한 느낌이 들곤 했습니다.

외부와 격리된 그 작고 은밀한 공간에서 저는 다락방 구석에 숨겨 두었던 과자를 꺼내 먹기도 하고, 동화책이나 어린이 잡지도 읽고, 낮잠도 자곤 했습니다. 그러면서 상상의 나래를 펼쳐 나만의 꿈도 꾸어 보고, 포근함과 행복감도 느꼈습니다.

때로는 작은 창문을 통해 호기심 어린 눈빛으로 바깥세상을 내다보기도 했는데, 그곳에서 바라보는 바깥 풍경은 평소 자주 보던 풍경임에도 불구하고 뭔가 다르게 느껴지곤 했습니다. 파란 하늘을 배경으로 천천히 흘러가는 뭉게구름, 여름날 오후의 그 목가적 풍경을 바라보며 왠지 가슴이 설레기도 했으며, 가을이 되어 날씨가 제법 선선해지고 저녁의 어둠이 조금씩 깊어 갈 무렵 어디선가 들려오는 귀뚜라미 소리에 마음이 차분히 가라앉으며 서글픔 같은 것을 느끼기도 했습니다.

말하자면 다락방에서 나만의 은밀한 시간을 즐기곤 했던 겁니다. 어쩌면 세상과 단절된 듯한 그곳에서 나만의 자유, 혼자만의 고독을 즐겼던 것인지도 모릅니다. 다락방은 비록 외형적으로는 아주 작은 공간에 불과하지만 우주 너머까지도 꿈꿀 수 있는 아주 넓고도 원대한 꿈의 공간이기도 합니다. 우리의 꿈과 영혼을 키울 수 있는 자유롭고도 행복한 공간도 됩니다.

인간은 때로 다락방 같은 나만의 공간에서 나만의 시간을 가지며 고독해지거나 고독해지고 싶을 때가 있습니다. 그러면서 고독의 단비를 흠뻑 맞으며 이런저런 상념에 젖거나 공상도 해보고, 더 넓은 세계로 나아가기 위한 꿈도 꿉니다.

혼자 있다는 그 외로움 속에서 내밀한 자유와 고독을 즐기기도 합니다. 그런 순간, 고독이 불현듯 내 영혼을 흔들어 깨우기도 합니다. '고독'이 세상살이에 바빠 잊고 있었던 나의 존재와 삶의 의미를 다시금 일깨워 줄 뿐만 아니라, 나를 새롭게 각성시키며 자아 탐색을 통해 성숙할 수 있도록 이끌어 줍니다.

그래서 고립은 사방이 꽉 막혀 있고 적의 포위망 속에 갇혀 버린 듯하지만, 고독은 오히려 정신세계의 확장을 통해 보다 크고 광활한 세계와 소통할 수 있도록 나를 폭넓게 이끌어 줍니다.

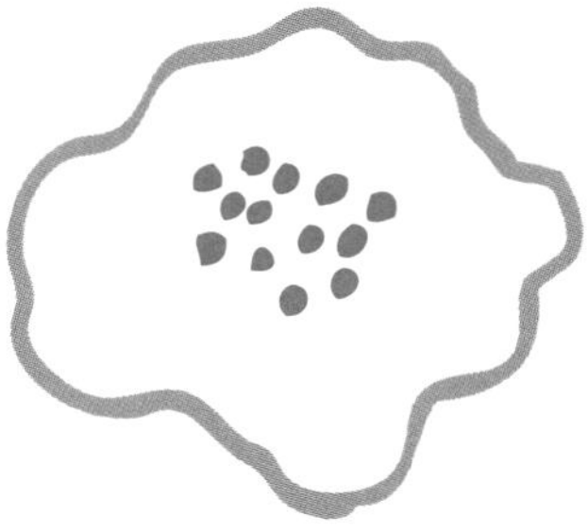

언젠가 번잡한 삶의 일상에서 잠시 벗어나 동해안 북쪽 끝에 있는 화진포해수욕장에 갔다가, 강원도 고성의 어느 한적한 바닷가에 있는 까리따스 수도원에서 한낮부터 그 다음날 오전까지 쉬면서 조용히 지낸 적이 있습니다.

그 수도원 2층에는 커다란 통유리 창을 통해 동해가 한눈에 내려다보이는 넓은 방이 있었습니다. 그리고 그 통유리 창 오른쪽에는 숲이 우거진 산이 손에 잡힐 듯 가까이 보이는 통유리창이 또 하나 있었고, 방 안에는 아무런 가구도 없이 텅 비어 있었습니다. 그야말로 창 너머로 드넓은 바다와 자그마한 산을 동시에 품고 있는 곳이었습니다.

그런데 그 방에서 홀로 선 채 통유리창 너머의 광활한 바다를 내려다보고 있자니, 분명 세찬 파도가 밀려오면서 파도 소리를 낼 터인데 아무런 소리도 들리지 않는 것이었습니다. 바로 곁 숲 속의 나뭇잎들이 살랑살랑 머리를 흔들면서 서로 속닥거리고 있는 걸 보면, 바람이 제법 불고 있는 게 분명한데 바람 소리도 전혀 들리지 않았습니다.

하늘 높이 솟아오른 한낮의 뜨거운 태양만이 이글거릴 뿐 파도도 멈추고 바람도 멈춘 듯한 그 고요한 침묵 속에서 불현듯 흐르던 시간도, 세상의 그 모든 것들도 '폼페이 최후의 날'처럼 그대로 다 멈춰 버린 것 같은 생각이 들면서 잠시 먹먹함이라 할까, 깊은 침묵 속의 고독이랄까 하는 느낌에 빠져 들었습니다.

지금은 거의 사라져 버린 공중 전화박스. 사방이 유리로 꽉 막힌 그 갑갑한 공중 전화통 속에서 문을 꼭 닫고 전화를 해 보신 적 있으신가요? 그러면서 그 짓누르는 듯한 공기 속에서 갑자기 자신이 외부와 순식간에 절연絶緣된 듯한 알 수 없는 고독감이나 외로움, 소외감 같은 것을 느껴 보신 적 있으신가요?

공중 전화박스 밖에서는 지금 사람들이 왁자지껄 떠들며 지나다니고 바로 눈앞에서는 차들이 빵빵거리며 지나가는데, 그런 소리들이 들리지 않고 공중 전화박스 속에 있는 자신에게 관심조차 없는 타인들 속에서 불현듯 자신이 소외된 이방인처럼 느껴진 적은 없으셨나요?

바깥 풍경은 선명히 보이지만 아무 소리도 들리지 않는, 마치 세상과 절연된 듯한 까리따스 수드원의 그 통유리방 속에서도 저는 문득 공중 전화박스 속에 갇힌 외로운 이방인 같은 고독감이 들었습니다. 잔물결 같은 시간이 흐르면서 차츰 어디선가 들려오는 소리, 호수 속 같은 고요 속에서의 침묵의 소리도 느껴졌습니다.

나의 내면 저 깊은 곳에서 들려오는 나 자신의 소리 같았습니다. 세상 소리에 닫혔던 귀를 활짝 열고 내가 나에게 하는 소리를 잘 들으라는 내면의 외침이었는지도 모릅니다. 가슴속에서 메아리치듯 끊임없이 울려 퍼지던 그 잔잔한 물결 같은 소리들. 때로는 아우성 같은 외침들. 깊은 침묵과 고독 속에서 그 소리에 귀 기울이며 오랜만에 다시 만난 연인처럼 나의 내면과 서로 껴안고 깊이 소통할 수 있었던 그 시간. 참으로 유익하고도 소중했습니다.

진정한 고독과 침묵은 세상으로부터의 도피가 아니라 철저한 자아 탐구와 자기 성찰인 동시에 진리와 자유를 향한 끊임없는 도전입니다. 정체된 삶, 나태하고 무기력한 현실에 대한 경종의 시간도 됩니다.

이제까지 인류의 문화와 문명이 지속적으로 발전되어 올 수 있었던 것도, 인간의 영혼이 부단히 성장해 올 수 있었던 것도 따지고 보면 '고독의 힘'이 큽니다. 이런 것들은 모두 고독한 영혼들의 그 성숙된 고독의 형상화가 빚어 낸 새로운 창조물이나 전리품과도 같은 치열한 결과이기 때문입니다.

이제까지 인류 문명의 발전에 공헌하거나 세상을 바꾼 사람들 중에는 고독했거나 고독한 환경 속에서 살았던 사람들, 스스로 고독을 즐겼던 사람들 혹은 천성적으로 남들과 어울리는 것을 별로 좋아하지 않고 혼자 있기를 좋아하거나 내향적인 성격의 사람들이 많았습니다.

발명왕 에디슨을 비롯하여 간디, 다윈, 나폴레옹, 루즈벨트 미국 대통령, 스티브 잡스 같은 사람들이 그랬습니다. 이들은 모두 고독한 환경 속에서 살았거나, 마음이 늘 외롭고 고독했던 사람들이거나, 남들과 어울리기보다는 혼자 있기를 좋아했던 사람들로서 깊은 고독과 사색 혹은 혼자 독서하거나 침묵하면서 많은 것들을 생각하고 연구하여 남들이 미처 생각하지 못했던 획기적이고도 창의적인 것들을 내놓았습니다.

최근, 변호사 출신의 미국 작가 수전 케인은 강연을 통해 이런 내용의 말을 했습니다.

"세상은 외향적인 사람을 선호하지만, 정작 세상을 바꾸는 것은 내성적이거나 고독한 사람들이다. 천성적으로 내성적이거나 고독을 좋아하는 사람에게 외향적이 되기를 강요하면 오히려 타고난 재능을 발휘하지 못한다. …고독은 그야말로 창의성의 열쇠다."

우리는 이 험난한 세상을 살면서 마치 좋은 땅에 떨어지지 못하고 딱딱한 아스팔트 위로 잘못 떨어진 가련한 꽃씨처럼 아주 절망적인 상황에 빠져 외롭고, 두렵고, 슬프고, 고독하고, 숨통마저 끊어지는 듯한 고통에 시달릴 때가 있습니다. 진학 시험이나 취직 시험에서 낙방했을 때, 하던 일이 실패하거나 목표가 좌절되었을 때, 연애나 결혼에 실패하거나 이혼했을 때, 가정이 위기에 닥치거나 파괴되었을 때, 자신이나 가족이 큰 병에 걸리거나 어떤 일로 인해 큰 상처를 받고 고통을 겪을 때, 사랑하는 사람이나 가족이 먼저 세상을 떠났을 때에도 그렇습니다.

가슴 저미는 신음 소리를 내며 구원의 손길도 갈망해 보지만, 세상은 아무렇지도 않게 나를 외면해 버리기도 합니다. 이 실패와 좌절, 고통과 절망의 구렁텅이에서 다시는 빠져 나올 수 없을 것만 같은 생각도 듭니다. 누구와도 소통할 수 없는 막막한 현실, 그 소통의 부재와 단절이 더욱 나를 외롭고 힘들게 만듭니다.

그야말로 고립무원孤立無援입니다. 절대 고독입니다. 바람도 강물도 모두 다 나를 외면한 채 저 멀리 돌아가는 듯합니다. 단지 고독만이 냇물 흐르듯 내 마음 속에서 무심히 흘러 갈 뿐입니다.

금방이라도 나를 으스러뜨릴 것만 같은 삶의 모든 고통과 시련 속에서 인간은 외롭고, 아프고, 서럽고, 고독해지지 않을 수 없는 것입니다. 그러나 아무런 근심, 걱정이 없고 행복할 때에도 외로움과 고독은 불현듯 찾아옵니다. 그래서 고독은 어쩌면 우리 인간이라면 누구나 굴레처럼 안고 사는 '숙명'과도 같은 것인지도 모릅니다.

하지만 고독을 잘 받아들여 그 고독 속에서 자신을 되돌아보고, 자기 영혼과 소통하며 보다 나은 미래를 꿈꿀 수 있는 사람은 행복한 사람입니다. 처절한 고독을 발판 삼아 다시 일어서는 사람은 실로 대단한 사람입니다. 시련과 고통 속의 고독이 바로 기회일 수도 있다며 용기와 희망을 잃지 않는 사람은 축복받은 사람입니다.

지금도 가끔씩 다락방 같은 나만의 자유로운 공간 속에서 자유와 고독을 느끼며 깊은 사유思惟에 침잠하고 싶을 때가 있습니다. 그러면서 혼란스럽고 복잡한 이 세상 한복판에서 깊은 고독에 잠겨 잔물결 하나 없는 호수처럼 영혼이 고요해지고 싶습니다. 그러면서 나를 생각하고, 나의 잘못을 뉘우치고, 앞으로의 삶도 생각해 보며 앞을 향해 천천히 그러나 힘차게 나아가고 싶습니다.

이 또한 지나가리라

성경에 기록되어 있는 것은 아니지만, 이런 이야기가 전해옵니다. 구약시대 이스라엘의 임금 다윗은 죽기 전, 아들 솔로몬에게 이런 말을 했다고 합니다.

"내가 수많은 전쟁에서 승리하고 세상 부귀와 영화도 다 누려 보았지만, 그 모든 것들이 허망할 뿐이다. 그러니 너는 임금이 되어서도 이 점을 명심하고, 이를 잊지 않도록 너의 반지에 한 마디로 요약해서 새겨 오너라."

그러자 솔로몬은 자신의 반지에 글귀 하나를 새겨 왔는데, 그 내용은 다음과 같은 것이었다고 합니다.

'이 또한 지나가리라.'

〈노자老子〉에 '표풍飄風은 아침을 넘기지 않고, 취우驟雨는 하루를 넘기지 않는다'는 말이 있습니다. '아무리 사나운 회오리바람이라 할지라도 아침나절 내내 불지는 않고, 빗줄기 거센 소나기도 하루 내내 오지는 않는다'는 뜻입니다.

마찬가지로 우리가 지금 겪고 있는 그 모든 고통과 시련이 아무리 심하다 할지라도 언제까지나 계속될 수는 없는 것입니다. 시련이 너무나 깊어 눈앞에 아무것도 보이지 않고 막막하기만 한 칠흑 같은 어둠 속에서도 희망의 출구는 있는 법입니다.

사실 우리가 영원히 소유하거나 영원히 누릴 수 있는 것이란 아무것도 없습니다. 고통이나 슬픔도 영원히 우리를 괴롭히지는 못합니다. 이 또한 나를 관통하여 지나갈 뿐입니다.

화창하고 아름다운 봄날 같은 환희나 행복도, 햇볕같이 신나고 즐거운 일들도, 넘치는 젊음과 짜릿한 쾌락도, 많은 재산도, 세상 사람들이 우러러 보는 명성이나 지위도, 감미로운 사랑도, 내가 사랑하는 사람이나 가족도, 먹구름 같은 우울함도, 늦가을의 빗줄기 같은 서글픔도, 세상의 모든 것들을 다 잃은 것 같은 슬픔도, 뼈를 깎아 내는 것 같은 아픔이나 고통도, 차가운 바람 속에서 눈물 글썽이는 것 같은 외로움도, 거센 폭풍우가 몰아치는 것 같은 삶의 시련과 두려움도 모두 잠시 내 곁에 머물다 갈 뿐입니다.

3장

좀 더 사랑할 것을,
좀 더 기억해 줄 것을

참사랑

언젠가 '병원 24시'라는 TV 프로에서 신혼 4개월 만에 간암 말기 선고를 받은 아내에게 남편이 햇살과 바람으로 만들었다는 차茶 한 잔을 건네는 모습을 본 적이 있습니다. 이 얼마나 멋지고 감동적인 장면입니까? 얼마나 보기 좋은 부부애입니까?

개나리며 진달래의 꽃망울을 활짝 틔웠을 그 따사로운 봄볕 두 스푼과 향기로운 봄바람 한 스푼쯤. 그리고 무엇보다도 남편의 사랑이 듬뿍 담겼을 눈에는 보이지 않는 차.

남편이 손수 만든 사랑과 정성이 가득 담긴 차를 남편으로부터 건네받은 아내의 마음은 어땠겠습니까? 비록 암에 걸려 시한부 삶을 살고는 있지만, 남편의 그 뜨겁고도 속 깊은 사랑에 자신이 세상에서 가장 행복한 사람이라고 생각하지 않았겠습니까?

사랑하는 사람이 고통 중에 있으면, 그를 사랑하는 사람 또한 고통을 느끼기 마련입니다. 사랑하는 사람이 '고통의 감옥' 속에 갇혀 있다면, 그를 사랑하는 사람도 역시 세상 전체가 '고통의 감옥'이 될 수밖에 없는 거지요.

그런데 이 남편은 눈에 보이지도 않고 만질 수도 없는 봄볕과 바람 그리고 아내에 대한 자신의 사랑을 섞어 만든 상상 속의 차 한 잔으로 고통 중에 있는 아내를 감동시키고, 그녀에게 한없는 기쁨과 행복을 선사했습니다. 사랑은 입을 다물고도 말을 한다더니 정말 그런 것 같습니다. 그녀는 남편의 진실한 사랑으로 인해 지금 자신이 처한 현실이 '고통의 감옥'이 아니라 오히려 '축복의 낙원'처럼 느껴졌을 것입니다.

진정한 사랑은 사랑하는 사람의 고통이나 슬픔까지도 사랑하는 것입니다. 또한 어떠한 처지에서든 함께 아파하며 고통을 나누는 것이 진정한 사랑입니다. 사랑하는 사람 안에 내가 있고, 사랑하는 그대 없는 나는 존재할 수 없다고 믿는 것이 참사랑입니다. 그러면서 추락하는 그를 붙잡아 주고, 용기와 희망을 북돋아 주며 다시 일으켜 세우는 것이 또한 참사랑인 것입니다.

이런 사랑만 있다면, 그 어떠한 고통과 시련인들 두렵겠습니까? 아무리 혹독한 추위가 몰아닥친다 한들 어찌 사랑하는 그들을 춥게 할 수 있겠습니까? 가진 것 없어도 어찌 부자라 하지 않을 수 있겠습니까?

언젠가 영국의 어느 유명한 광고회사에서 거액의 상금을 내걸고, 이런 내용의 퀴즈 광고를 낸 적이 있습니다.

“스코틀랜드의 에든버러에서 런던까지 가장 빨리 가는 방법은 무엇입니까?”

그러자 이 광고를 보고 수많은 사람들이 이 퀴즈에 응모했는데, 그 답 또한 실로 다양했습니다. ‘비행기로 가는 거다, 헬리콥터로 가야 한다, 어느 지점까지는 초고속 기차로 가다가 어디에서 내려 오토바이를 타고 가야 한다, 출퇴근 시간을 피해 새벽 몇 시에 경주용 차를 타고 달려야 한다, 심지어는 우주선을 빌려 타고 가야한다’는 등 별의별 답들이 쏟아져 나왔습니다.

그런데 심사위원들이 수많은 응모작들 중에서 정답으로 뽑은 것은 뜻밖에도 '사랑하는 사람과 함께 가는 것'이라고 쓴 것이었습니다. 단순한 물리적 계산이 아니라 심리적, 정신적 계산을 한 사람의 계산법이 정답으로 인정되었던 겁니다.

고개가 끄덕여지시나요? 만일 고개가 끄덕여지지 않고 갸우뚱거려진다면 감성이 좀 부족하거나 사랑의 위대한 힘에 대해 잘 모르는 사람이라고 스스로 생각하시면 될 겁니다.

사랑하는 사람과 함께 기차 여행 혹은 버스나 승용차로 여행을 해 보신 적이 있으신가요? 있다면 그 시간이 길게 느껴지던가요, 아니면 짧게 느껴지던가요? 정말로 사랑하는 사람과 함께라면 아무리 긴 시간도 짧게만 느껴지는 법입니다. 또한 아무것도 두렵지 않고, 거칠 것도 없습니다. 오히려 기쁘고 행복하기만 합니다.

'가난하고 힘은 들었지만, 그래도 그때가 좋았다'며 신혼 시절을 그리워하는 사람들이 많은 것도, 사랑하는 사람과 함께 사랑의 힘으로 그 모든 삶의 어려움들을 극복해 낼 수 있었기 때문이 아니겠습니까?

시인 박라연은 그의 시 〈서울에 사는 평강공주〉에서

'가끔… 전기가… 나가도… 좋았다… 우리는…'

하며 사랑하는 사람과 함께 있던 신혼 시절의 그 '가난했던 행복'을 노래했듯, 우리 모두에게도 사랑만 있으면 그 어떤 것도 두렵지 않고 서로에게 의지와 힘이 되었던 때가 있습니다.

요즘은 전기가 잘 나가지 않으니까 전기 나갈 때까지 기다릴 수는 없을 것이고, 언제 하루 날 잡아 부부가 함께 집안의 불 다 꺼 놓고 촛불만 켜 놓은 채 신혼 시절의 그 '전깃불 나가도 두렵기는커녕 오히려 은근히 기다려지고(?) 달콤했던' 때로 다시 한 번 되돌아가 보는 건 어떻습니까?

아름다운 부부

전에 저와 같은 성당에 다니던 어느 40대 초반의 남자가 아침에 출근하다가 잠실역 근처에서 갑자기 쓰러졌습니다. 그리고는 그 후 거의 3년 동안이나 깨어나지 못하고 식물인간 상태로 병원에서 지내 왔습니다.

그러던 어느 날, 그의 아내가 병실에서 창 밖에 하염없이 내리는 비를 바라보며 혼자서 이렇게 중얼거렸다고 합니다.

"비가 많이 내리네."

그런데 갑자기 어디선가 아주 작은 목소리의 이런 말이 들려 왔다는 겁니다.

"비가 많이 와?"

깜짝 놀라 둘러보니, 침대에 누워 있던 남편이 기나긴 침묵을 깨고 이렇게 말한 것입니다. 이후 그는 말을 전혀 하지 못하고 사람도 못 알아보던 상태에서 벗어나 눈도 뜨고, 사람도 알아보고, 말도 알아듣고, 몇 마디 말도 할 수 있게 되었다고 합니다.

남편이 쓰러지고 난 후 장기간 입원 치료를 받게 되자, 시댁 식구들마저 차츰 남편을 외면했습니다. 그녀 또한 언제 깨어날지 모르는 남편을 바라보며 산다는 게 무척 힘들었을 겁니다. 때로는 어디론가 멀리 도피해 버리고 싶은 마음도 들었을 테고요.

하지만 그녀는 남편에 대한 사랑과 신앙의 힘으로 이 모든 어려움을 극복해 냈습니다. 그래서 그녀는 낮에는 피아노 학원을 운영하며 남편의 병원비와 생활비를 마련하고, 밤이 되면 병원으로 달려가 남편의 온갖 궂은 뒷바라지를 다 할 수 있었던 거지요.

그녀는 당시 본당에서 기도회장을 맡고 있던 저를 가끔씩 찾아와 기도를 부탁하곤 했는데, 한 번은 저에게 이런 말을 하더군요.

"쓰러지기 전까지 남편은 저한테 너무나 잘했어요. 만일 그렇지 않았더라면 저도 포기했을지 몰라요. 비록 힘들기는 하지만, 남편과 같이 있다는 것만으로도 전 지금 행복해요."

인생을 살다 보면, 느닷없이 쏟아지는 폭우를 맞을 때도 있고, 푹푹 찌는 폭염 속에서도 참고 견디어야만 하는 때도 있습니다. 누구에게나 시련과 고통의 때가 올 수 있다는 뜻입니다.

하지만 이들 부부를 통해서도 알 수 있듯이, 평소 서로 사랑하고 아껴 주었다면 시련과 고통이 닥치더라도 참고 견디어 낼 수 있는 힘이 한결 강해지는 법입니다. 만일 시련의 비바람이 몰아쳤을 때 사랑과 신뢰가 없다면 쉽게 무너져 버리고 답니다.

둘이지만 하나가 되어 가야 하는 것이 부부의 길입니다. 모든 부부가 가는 길이 사랑과 신뢰로 가득하다면 얼마나 좋은 일이겠습니까?

우리가 살아가는 이 세상에만 바람이 불어대는 것이 아니라 부부 사이에도 수시로 바람이 불어댑니다. 뜨거운 사랑과 그리움의 바람이 불다가도 때로는 미움의 바람, 원망의 바람, 분노의 바람, 불안과 걱정의 바람, 갈등의 바람, 실망의 바람 같은 것들이 불어 와 휘젓고 다니며 부부 사이를 갈라 놓으려 합니다. 그러나 서로를 믿고 의지하는 마음, 사랑과 신뢰로 가득 찬 마음이 있다면, 어떠한 바람도 결코 부부 사이를 갈라 놓을 수 없습니다. 이 아름다운 부부처럼 말입니다.

황진이의 계약 결혼

조선조 중종 때의 명기名妓 황진이는 흔히 '요화妖花'로 널리 알려져 있습니다. 그리고 사실 그녀는 뛰어난 미모에다 시도 아주 잘 짓고, 글씨도 잘 쓰고, 가무歌舞에도 능하며, 언변言辯도 유창하고 지혜롭기까지 한 그야말로 팔방미인 '요화'였습니다.

그런 그녀에게 미혹된 당시 권세 있고 돈 좀 있다는 뭇 사내들은 그녀를 어떻게 해서든 자신의 손아귀에 넣으려고 애썼습니다. 그러나 그녀는 기생 신분이면서도 그들의 맹목적인 성性의 노예는 단호히 거부했습니다. 특히 돈이나 권력으로 자신의 육체를 넘보는 남성들을 지극히 경멸했고, 자신의 몸에 손도 대지 못하게 했습니다.

그러면서도 당시 '생불生佛'로 일컬어지며 면벽面壁 30년의 도道를 닦고 있던 수도승 지족선사知足禪師를 유혹하여 하루아침에 그의 30년 공부를 공염불이 되게 만드는 등 근엄함을 뽐내며 자신을 멸시하던 뭇 사내들을 마구 농락하기도 했습니다.

그런데 이처럼 자유분방하고, 한 남자에게 예속되는 것을 극히 싫어하던 그녀가 스스로 한 남성을 택하여 먼저 계약 결혼을 제의합니다. 그녀가 선택한 남성은 당시 선전관宣傳官이라는 대단치 않은 벼슬을 하고 있던 이사종李士宗이었는데, 그는 이미 결혼하여 부인이 있는 사람으로서 지성인에다가 풍류객風流客이며 당시 '한양漢陽 제일의 소리꾼'으로 불리던 뛰어난 명창名唱이었습니다.

황진이는 천수원天壽院 근처의 냇가에서 노래를 부르며 풍류를 즐기고 있던 이사종과 우연히 처음 만나 호감을 느꼈는데, 얼마 후 그를 자신의 집으로 초대하여 함께 시간을 보내다가 자신과 6년 동안 동등한 조건으로 계약 결혼을 하자고 제의합니다. 그러면서 그녀는 이사종에게 6년간 함께 살되 자신은 결코 첩이 아니며, 생활비는 한쪽에서 3년씩 차례로 부담하고, 모든 가사 업무는 사람을 두어 부리며, 이사종의 부모에 대해 자신은 하등의 의무가 없다는 등 완전한 남녀평등의 부부관계를 요구합니다.

그야말로 당시는 물론 지금 이 시대에도 상상하기 어려운 파격적인 내용의 계약 결혼을 제시한 거지요. 그리고 이사종은 이에 동의하여 두 사람은 계약대로 6년간 함께 삽니다.

그러면서 이들은 함께 길을 나서 전국을 유람하기도 했습니다. 운명적으로 만난 두 사람은 거칠 것 없이 송도松都를 떠나 바람 같은 자유인이 되어 조선 팔도를 유람하며 뜨거운 사랑을 나누고, 남녀 간의 평등한 예술적 동지이자 영혼의 동반자로서 함께 시도 짓고 노래도 부르며 인생을 즐겼습니다.

그러면서 황진이는 이사종과의 열정적인 사랑을 노래한 '동짓날 기나긴 밤'을 짓기도 했는데, 이 시조는 오늘날까지도 많은 사람들에게 애송되고 있습니다.

동짓달 기나긴 밤을 한 허리를 버혀내어
춘풍 니불 아래 서리서리 너헛다가
어론님 오신 날 밤이여든 구뷔구뷔 펴리라.

이러다가 마침내 6년간의 계약 결혼이 끝나자, 황진이는 약속한 대로 이사종과 헤어졌습니다. 그리고는 어느 좋은 날을 택하여 깨끗이 목욕하고 새 옷을 갈아입은 후 그녀는 마지막 시 한 수를 남긴 다음, 환丸으로 만든 극약을 먹고 스스로 목숨을 끊습니다. 비바람에 흩날려 떨어진 꽃잎처럼 아름다움을 잃고 구차하게 사느니 차라리 아름다움을 간직하고 있을 때 세상을 떠나기로 마음먹었던 겁니다.

이때 그녀가 마지막으로 남긴 시는 이렇습니다.

바람 한 줄기 꽃송이
아니 저 밖에서 들려오는
하인들의 떠드는 소리
하나하나가 다 시로구나.
인생이란 그대로 시였구나.

프랑스의 실존주의 여류작가 시몬느 보봐르와 20세기 정신사를 주도한 대표적인 실존주의 철학자 장 폴 사르트르가 계약 결혼을 함으로써 세계를 놀라게 한 적이 있습니다. 그러나 황진이는 이보다 무려 4세기나 앞선 봉건 시대에 계약 결혼을 한, 시대의 파격적인 이단자이자 영원한 자유인이었던 겁니다.

당신 곁에는 내가 있습니다

아미스 멈퍼드라는 시인은 그의 다음과 같은 시를 통해 소외감과 상실감 등이 몰려올 때 이를 극복할 수 방법들을 제시하고 있습니다.

그가 내 곁을 떠나 멀리 사라질 때
적당한 시간을 내라.
오로지 그대를 위한 시간을.
너무 짧지도
그렇다고 너무 길지도 않게.
그 다음엔 새로운 추억 만들기.
무엇이든 다른 걸 해라.
하지만 너무 다르지 않게
그저 좀 다르게
그림을 그리는 것도 좋다.
아니면 새로운 책이라도 읽어라.

여행을, 그렇지.

아니면 최소한 계획이라도 세워 보아라.

…

그런 시간이 몰려 올 때 — 다른 어떤 것을 하라!

인생을 살다 보면 간혹 나란 존재에 대해 허무함이 느껴지고, 나아가서는 자신이 마치 길가에 굴러다니는 돌멩이처럼 쓸모없게 느껴지는 경우가 있습니다. 그러면서 자신에 대한 회의와 갈등이 생기고, 소외감이나 상실감도 찾아옵니다. 이것은 우리를 슬픔에 젖게 합니다. 자신이 세상으로부터 버림받았다는 생각을 갖게 하기도 합니다.

특히 노인들, 직장에서 퇴직한 사람들이나 실직자들, 가난에 시달리는 사람들, 세상과 가족으로부터 소외되었다고 생각하는 가정주부들, 각종 시험이나 사업에서 실패한 사람들, 사고나 질병으로 인해 장애인이 된 사람들, 사랑하는 가족을 잃은 사람들, 친구들로부터 괴롭힘을 당하거나 스스로 '왕따'당하고 있다고 생각하는 사춘기의 청소년들이나 젊은이들 중에 이런 생각을 갖는 사람들이 많습니다. 그래서 날마다 슬픔에 젖어 세상과 자기 자신을 원망하거나 삶의 의욕을 잃기도 합니다. 자포자기 하여 스스로 목숨을 끊기도 합니다.

그러나 모두가 다 나를 외면하며 돌아서는 것 같은 삶, 축축한 안개에 젖은 듯 숨막힐 것 같은 삶 속에서도 나를 기억해 주고, 나를 껴안아 주려는 사람은 있습니다. 단지 그것을 느끼지 못하고 자신 곁에는 아무도 없다고 소외감을 느낄 뿐입니다.

영국의 한 방송기자가 마더 데레사 수녀에게 이런 질문을 했습니다.

"평생을 가난하고 고통 받는 사람들과 함께 해 오셨는데, 그들에게 가장 필요한 것이 무엇이라고 생각하십니까?"

그러자 데레사 수녀는 이렇게 대답합니다.

"그들에게 가장 필요한 것은 그들이 결코 혼자가 아니며 자신이 버림

받고 있지 않다는 것을 깨닫게 해주는 일입니다. 누군가가 진심으로 자신을 사랑하고 있다는 것을 가슴 깊이 느끼도록 해주는 것이지요."

당신에겐 당신을 기억하고 사랑하는 누군가가 있고, 그래서 당신은 결코 혼자가 아니며, 사랑받고 있는 존재라는 것. 이것이야말로 스스로에 대한 존재감을 상실한 채 고뇌하고 방황하는 사람들에게 가장 필요한 '약'이 아니겠습니까?

인생은 짧고, 사랑도 짧다

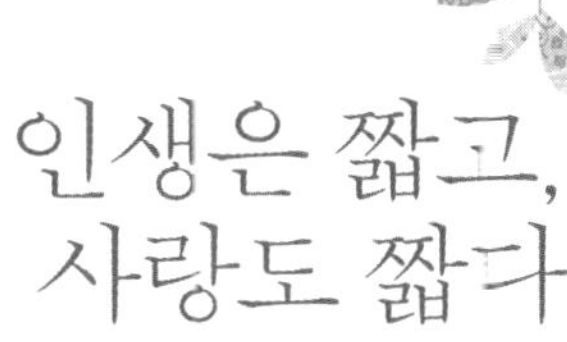

어떤 집에서 아직 젊은 가장家長이 죽었습니다. 그런데 옆집에 사는 부인이 와서 대성통곡하는 것이었습니다. 이것을 이상하게 여긴 동네 여인이 그녀를 살짝 불러 물었습니다.

"옆집 남자가 죽었는데, 왜 당신이 그리 슬피 울어?"

그러자 이 부인은 주위를 한번 둘러보고는 이렇게 말하더라는 겁니다.

"내 남편이 안 죽고 다른 남자가 죽어서 그래."

'부부란 원수끼리의 만남'이라는 극단적인 말도 있지만, 이쯤 되면 그야말로 원수끼리의 만남이라고 하지 않을 수 없겠지요.

최근 미국에서 첫사랑과 결혼한 커플의 이혼율이 그렇지 않은 사람들의 이혼율보다 높다는 조사 결과가 나온 적이 있습니다. 첫사랑에 빠지기는 쉬우나, 그 사랑을 결혼 후에도 계속 유지해 나가기는 어렵다는 것을 보여 주는 조사 결과지요.

만일 셰익스피어의 희곡 〈로미오와 줄리엣〉에서 로미오와 줄리엣의 사랑이 비극적으로 끝나지 않고 결혼해서 나이 들 때까지 함께 살았다면 서로 싸우거나 미워하지 않고 잘 살았을까요?

스물두 살의 무명 시인이었던 라이너 마리아 릴케와 서른여섯 살의 나이로 이미 여러 남성들과 연인 관계를 맺은 경험이 있던 여류 작가 루 살로메와의 사랑. 14세라는 나이 차이를 넘어 뜨겁게 사랑했던 그들의 사랑이 만일 결혼으로 이어졌다면 과연 행복한 결혼 생활이 되었을까요?

이들은 한때 독일의 뮌헨 교외에 있는 어느 한적한 숲속의 방갈로에서 한 달 동안 오직 빵과 달걀 그리고 약간의 야채만을 먹으며 동거한 적도 있습니다. 그러면서 서로 뜨겁게 사랑을 나누고, 릴케는 사랑하는 루 살로메를 위해 '너는 위대한 내 여명', '내 눈의 빛을 꺼다오' 등의 많은 시들을 써서 그녀에게 바쳤습니다. 릴케의 시들 중에서 가장 아름다운 시들은 바로 이 시기에 쓴 것이라고 해도 과언이 아닐 정도입니다.

이때 이들은 가진 것 없어도 행복했고, 먹지 않아도 배고픈 줄 몰랐습니다. 그야말로 사랑과 행복에 도취되어 있었고, 황홀하기만 한 꿈같은 생활이었습니다. 그러나 이들이 결혼하여 이런 생활을 계속했어도 이런 꿈같은 행복과 황홀감에 여전히 도취될 수 있었을까요?

'센 강에 실제로 가 보면 혼탁함에 실망감을 느끼고, 아름답고 푸르다는 도나우 강에 가 보면 구정물 같은 모습에 환멸을 느끼고 만다'는 말이 있습니다. '도나우 강은 사랑하는 사람들의 눈에만 푸르게 보인다'는 독일 속담도 전해 옵니다.

꿈과 사랑에 도취되어 있던 연애 시절과 결혼 생활은 분명히 다릅니다. 뿐만 아니라 결혼은 사랑만으로는 유지되기 어려운 것이며, 냉혹할 정도로 현실적인 것입니다. 따라서 결혼 생활을 하다 보면 그 이유나 원인이야 어디에 있든 부부 간의 갈등과 대립은 생기기 쉬운 법이며, 결혼할 때의 사랑이 극도의 미움이나 증오심으로 바뀔 수도 있는 것입니다.

물론 부부 간의 이해와 존중, 상대방에 대한 희생과 배려 등이 있다면 사랑은 지속됩니다. 특히 사랑은 상대방에 대한 배려이자 양보입니다. 사람들은 흔히 내가 하고 싶은 것, 바라는 것을 배우자가 먼저 해주기를 원하지만, 상대방 또한 자신이 하고 싶고 바라는 것을 내가 먼저 해주기를 원합니다. 그러면서 내가 하기 싫은 것은 그도 하기 싫어합니다.

그러나 사랑은 내가 하고 싶은 것이나 바라는 것을 상대방이 먼저 해주기만을 기다리는 것이 아니라, 상대방이 하고 싶어 하는 것, 바라는 것을 찾아 내가 먼저 해주는 것입니다. 공자도 〈논어〉에서 이렇게 말했습니다.

'너희의 마음을 상대방의 마음과 같게 하라. 내가 하고 싶지 않은 일을 남에게 시키지 마라.'

물론 이렇게 한다는 것이 그리 쉬운 일은 아닐 것입니다. 그러나 부부간에 서로 노력하고 협조한다면 결코 불가능한 일도 아닙니다. 어렵기는 하지만 늙어서도 보기 좋은 잉꼬부부가 될 수 있다는 이야기입니다.

사랑하는 사이일수록

어떤 부부가 부부싸움을 하지 않기로 소문났습니다. 그래서 어떤 사람이 이들 부부에게 그 비결을 물었습니다. 그들은 잠시 생각하는 듯하더니, 이렇게 말했습니다.

"특별한 비결이란 없습니다. 단지 화가 나서 지금 막 하고 싶은 그 말 한 마디를 참으니까 부부싸움이 안 생기더군요."

물론 남편의 숟가락만 쳐다봐도 밉고 아내의 화장품만 봐도 내던지고 싶은 순간, 속에서 용수철처럼 튀어나오려는 그 말을 참는다는 게 어디 쉬운 일이겠습니까? 하지만 이렇게 하면 부부싸움을 막을 수 있다고 하니까 좀 힘들더라도 도 닦는(?) 셈치고 한번 실천해 보는 건 어떻습니까?

어머니의 사랑, 그 놀라운 힘

어느 현자賢者가 제자들과 함께 길을 가다가 사람의 뼈를 발견했습니다. 현자는 그 뼈들을 자세히 살펴보고 나더니, 제자들에게 이렇게 말했습니다.

"이 뼈는 틀림없이 여자의 것이다. 그것도 아이를 많이 낳고, 오랫동안 고생한 여자의 뼈가 틀림없다."

이 말에 제자 하나가 고개를 갸우뚱거리며 물었습니다.

"그것을 어떻게 대번에 알 수 있습니까? 저희는 아무리 봐도 모르겠는데……."

그러자 현자는 뼈 하나를 들어 보이며 다시 말합니다.

"여자의 삶을 생각해 보아라. 여자는 흔히 어려서부터 늘 남자보다도 못한 대접을 받는다. 또한 결혼하여 아이를 가지면 자기 온몸의 양분을 아기에게 내어 준다. 그리고 젖을 먹이고, 온갖 고생을 다해 가며 아이를 키운다. 먹을 것이 있으면 자신은 먹지 않고 자식이나 남편에게 준다. 그래서 여자는 죽게 되면 이처럼 뼈가 가볍고, 시커멓고, 볼품없이 되어 버리는 것이다."

시베리아 벌판과 같이 추운 지방에서 사는 펠리칸들은 눈보라가 몰아치는 추운 겨울에도 이곳저곳을 돌아다니며 먹이를 찾는다고 합니다. 새끼들에게 먹이를 주기 위해서지요.

어쩌다 추위와 눈보라 속에서 먹이를 구하지 못하고 그냥 돌아와도 새끼들은 입을 벌린 채 먹이를 달라고 계속 짹짹거립니다. 그러면 어미 펠리칸은 새끼들을 바라보다가 날카로운 발톱과 부리로 자신의 가슴을 마구 쪼아댑니다. 피를 흘리며 자신의 살과 내장을 꺼내 놓고 파르르 몸을 떨면서 죽어 가는 것입니다.

이렇게 어미가 죽고 나면, 새끼들은 자기 어미가 내어 놓은 살과 피, 내장을 파먹으며 생명을 유지해 나간다고 합니다. 그야말로 어미 펠리칸은 자신을 희생시켜 새끼들을 살리는 것이지요. 그리고 이것이 바로 모성애입니다.

어미 뱀도 산란과 동시에 기진맥진하여 죽어버립니다. 그러면 그 뱀 속에서 태어난 어린 새끼들은 죽은 어미 뱀의 시신을 먹고 자랍니다.

인간의 모성애 또한 이러한 동물들처럼 헌신적입니다. 특히 자식을 위해서라면 자신의 목숨까지도 기꺼이 내놓을 수 있는 것이 바로 어머니입니다. 사랑에는 두려움이 없다고 하지만, 특히 자식에 대한 어머니의 사랑은 그 어떠한 상황 속에서도 결코 두려움이 없는 것입니다.

문인수 시인이 그의 시 '하관下棺'에서 '이제 다시는 그 무엇으로도 피어나지 마세요/ 지금, 어머니를 심는 중…'이라고 했듯이, 어머니로서의 삶이란 곁에서 보기에도 다시금 되풀이되지 않기를 바랄 정도로 실로 많은 고통과 자기희생만 따르는 삶입니다. 그러나 바로 그렇기에 이 세상의 그 어떤 것들보다도 위대하고 아름다운 것이 또한 어머니의 삶입니다.

용서하는 삶이 아름답다

이 세상을 살아가면서 가장 어려운 일들 중의 하나는 자신에게 정신적 혹은 육체적으로 큰 피해를 주거나 고통스럽게 한 사람을 용서하는 일일 것입니다. 자신에게 고통과 시련을 안겨 주고 상처를 입힌 사람을 용서한다는 것이 말처럼 그리 쉬운 일이겠습니까?

불경에 '쇠는 자기 몸에서 생기는 녹으로 자기 몸을 부식시키고, 사람은 자기 마음속에 생긴 번민과 증오로 몸을 망친다'고 했습니다. 그러나 용서는 나를 해방시킵니다. 나를 자유롭게 합니다. 그리고 용서하는 사람은 스스로 평화를 얻고, 행복합니다.

월남전이 한창일 때 한 나이 어린 미군이 정글에서 수색임무를 맡아 나섰다가 숲속에서 불쑥 나타난 월맹군과 마주쳤습니다. 순간 이 미군은 본능적으로 방아쇠를 마구 당기며 무차별 사격을 가했습니다. 월맹군도 황급히 총을 쏘려고 했지만, 그는 미처 총을 쏘지도 못한 채 먼저 미군의 총에 맞아 죽었습니다.

얼마 후, 주위가 조용해지자 이 미군은 사방을 살피며 죽은 월맹군 곁으로 조심스럽게 다가갔습니다. 그는 자신의 총에 맞아 처참하게 죽은 적의 시신을 보자 마음이 몹시 아팠습니다. 그러나 그는 애써 마음을 진정시키며 숨진 월맹군의 몸을 수색했습니다. 정보가 될 만한 것은 나오지 않고, 빛바랜 사진 한 장이 나왔습니다.

자녀로 보이는 어린 두 소녀와 손을 꼭 잡고 모두들 환하게 웃는 모습이었습니다. 이 소녀들의 어머니인 듯한 여자의 모습은 없었습니다. 이 사진을 보니, 그는 그들에게 미안한 생각도 들었습니다.

그는 비록 미혼이었지만, 아버지를 잃고 외롭고 힘들게 살아갈 이 소녀들을 생각하니 가슴이 먹먹해지며 눈물도 나왔습니다. 그러면서 미국에 있는 자신의 어린 여동생들이 생각났습니다. 그래서 그는 월맹군 속에 있던 사진을 버리지 못하고 자신의 지갑 속에 간직했습니다.

그로부터 많은 세월이 흘러 19세라는 어린 나이에 월남 전쟁에 참전했던 그가 50대 중반의 사내가 되었습니다. 그러나 그는 월남 전쟁에서의 아픈 과거를 여전히 떨쳐버릴 수가 없었습니다. 간혹 사진 속의 월맹군과 그의 어린 딸들의 도습을 볼 때마다 심한 죄책감이 들었습니다. 그 어린 딸들을 찾아가 사죄하지 않고서는 편안히 죽지 못할 것만 같았습니다.

그는 주미 베트남 대사관을 찾아가 자신의 사연과 심경을 털어놓으며 도움을 청했습니다. 그리고 몇 년 후, 그는 사진 속의 소녀들을 월남에서 만날 수 있었습니다. 그는 이제 중년의 여인이 된 그들에게 진심으로 용서를 청했고, 그들은 그를 끌어안고 울면서 용서해 주었습니다. 자기 아버지를 죽인 적군을 용서하고, 서로 화해한 것입니다.

양심을 저버리지 않고 자신이 죽인 적의 가족을 찾아가 용서를 청한 미군과 자신의 아버지를 죽인 적을 용서하고 화해한 여인들. 모두가 다 쉬운 일은 아니었겠지만, 그들의 마음이 모두 아름답고 고귀하게 느껴집니다.

원수 같은 사람을 용서하는 것도 큰 용기이지만, 자신의 잘못을 깨닫거나 양심의 가책을 느껴 용서를 구하는 것도 큰 용기입니다. 사랑이 별처럼 빛날 수 있는 것도 그 바탕에 용서가 깔려 있기 때문입니다. 용서가 없는 사랑이란 그저 가식과 위선일 뿐입니다.

지금 내가 용서해야 할 사람 또는 나의 잘못을 인정하고 용서를 청해야 할 사람은 누구입니까? 지금 이 순간, 나의 용서와 화해를 간절히 기다리는 사람은 또 누구입니까?

놓치고 싶지 않은 사람

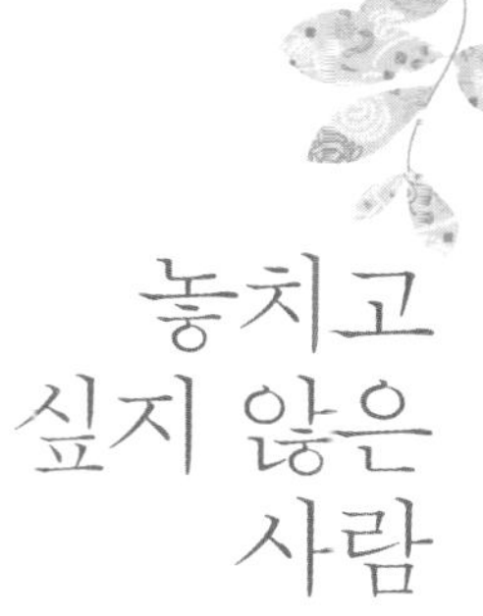

살다 보면 싫든 좋든 많은 사람들을 만나게 됩니다. 그런데 간혹 놓치고 싶지 않은 사람, 왠지 꼭 붙잡고 오랫동안 가깝게 지내고 싶은 사람이 있습니다. 학벌이나 사회적 지위가 높거나 돈이 많은 것도 아닌데, 또 똑똑하다거나 잘생긴 것도 아닌데 이상하게 마음이 끌리며 놓치고 싶지 않은 사람이 있는 거지요.

만나면 반갑고 함께 있으면 위로와 힘이 되어 주면서도 목마른 한낮에 갈증을 확 풀어주는 샘물같이 상쾌한 사람, 한겨울의 추위를 따스하게 감싸 주는 벙어리장갑같이 마음이 따뜻한 사람, 언제나 환한 미소를 지으며 사랑과 인정이 넘치는 사람, 외롭거나 슬플 때면 더 만나고 싶고 전화라도 걸어 얘기하고 싶은 사람, 늘 겸손하면서도 마음이 활짝 열려 있고 너그러운 사람, 들꽃처럼 소박하지만 마음의 풍경이 시詩처럼 아름다운 사람 등이 그렇지요.

이런 사람들과 함께 있으면 마음이 밝아지고 행복해집니다. 좀 전까지 있던 근심과 걱정, 슬픔도 어느새 달아나 버리고 용기와 힘, 새 희망

도 솟아오릅니다. 이런 풍경같이 좋은 사람, 누구나 가까이 하고 싶고 놓치기 싫은 사람, 가슴에 깊이 심어 두고 싶은 사람이 바로 당신이었으면 좋겠습니다.

행복은 내가 바뀔 때 오는 것

오래 전에 미국의 어느 한적한 시골에서 우편배달을 하던 청년이 있었습니다. 그가 우편물을 배달하기 위해 매일 걷는 길가에는 나무나 꽃이 거의 없고, 풀마저 드물었습니다. 자갈투성이인 거친 땅에 모래 먼지만 바람에 날리는 아주 삭막한 곳이었습니다.

길을 매일 오가던 청년은 문득 이런 생각이 들었습니다. 대체 이게 뭐란 말인가? 이토록 삭막한 곳에서 언제까지 일을 계속해야 한단 말인가? 이런 곳에서 내 소중한 청춘을 다 허비해야 한단 말인가?

그러면서 그는 자신이 너무나 초라하게 느껴졌습니다. 속히 이직하고 싶다는 생각도 들었습니다. 하지만 그의 학벌이나 능력으로 볼 때 현실적으로 그것은 아주 어려운 일이었습니다. 그는 많은 고민과 오랜 갈등 끝에 스스로에게 이렇게 말합니다.

'지금 내 주위 환경이 삭막해서 싫다면 내가 아름답게 바꾸면 될 게 아닌가?'

그는 곧 작은 주머니 하나를 구해 그 속에 갖가지 꽃씨들을 가득 담았습니다. 그리고는 다음날부터 우편배달을 하면서 길가에 그 꽃씨들을 조금씩 뿌렸습니다.

이렇게 매일같이 꽃씨를 뿌리는 한편 물통에 물을 담아 가지고 다니며 심은 꽃씨 위에 물을 주고, 시간이 날 때마다 길가의 자갈들을 골라내고, 꽃씨에서 싹이 트면 온갖 정성을 다해 돌보았습니다. 틈틈이 좋은 묘목을 구해다 길가에 심기도 했습니다.

몇 년이 지나자, 전에는 그토록 삭막하기만 했던 길가에 갖가지 꽃들이 피어나고, 풀숲도 생겨나고, 나무들도 자라기 시작했습니다. 청년은 더 이상 자신이 삭막한 곳에서 청춘을 허비하고 있다는 생각이 들지 않게 되었습니다. 오히려 매일 아름다운 꽃길을 다닌다는 생각에 기쁘고 행복했습니다. 말하자면 그는 자신에게 주어진 환경을 거부하는 대신 스스로 주위 환경을 바꿈으로써 보람과 기쁨, 행복감을 얻게 된 것이지요.

이처럼 내 생각이 바뀌면 내가 변하고, 내가 변하면 주위 환경도 바뀔 수 있는 것입니다. 그리고 그것은 다시 나에게 보람과 기쁨, 행복감을 선사합니다.

그런데도 내 생각을 바꾸려 하지 않으니까 내가 변하지 않는 것이고, 내가 변하지 않으니까 내 주위 환경도 바꿀 수가 없는 것입니다. 결국 나부터 변하지 않으면 안 된다는 것입니다.

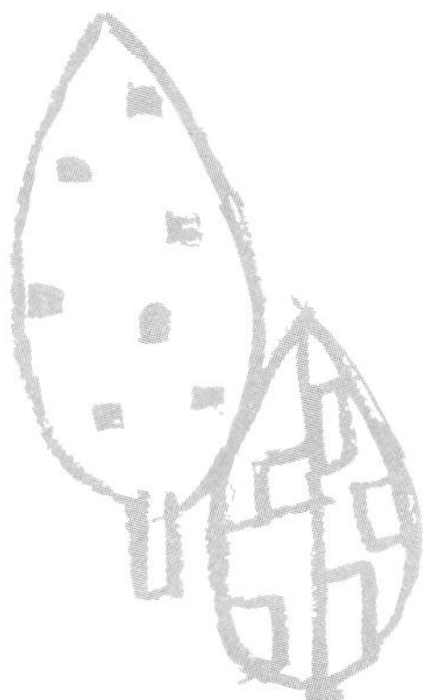

미소

미국 샌프란시스코에는 다리가 많은데, 이 다리를 건너려면 1달러의 통행료를 내야 한다고 합니다. 그런데 어떤 운전자가 기분이 좋아 미소 지으며 요금소 징수원에게 2달러를 내밀며 이렇게 말했습니다.

"1달러는 뒷차 통행료입니다."

이에 징수원은 알겠다며 미소로 화답하고는 다음 차의 운전자에게 이 같은 사실을 알려 주었습니다.

그러자 이 차의 운전자도 싱긋 미소 짓고는 1달러를 내밀며 "그렇다면 이 1달러는 내 뒷차의 통행료 입니다" 하고 말하는 것이였습니다.

그리고 이후 이 같은 '통행료 대신 내주기'는 릴레이 처럼 계속 이어졌고, 운전자들의 미소 또한 계속 번져 나갔다고 합니다.

그렇습니다. 미소는 마치 시냇물에 풀어 놓은 고운 물감과도 같아서 번지고 번지는 것입니다. 뿐만 아니라 병이 전염되듯 눈물이 전염되듯 미움과 분노가 전염되고 사랑과 기쁨도 전염되듯 미소나 웃음 또한 바이러스처럼 전염되는 것입니다.

또한 미소가 멀리 번져 나갈수록 보다 많은 사람들에게 강하게 전염되면 될수록 사람들은 더욱 기쁨이 넘치고 행복해집니다. 미소는 미소를 짓는 사람 스스로를 행복하게 해주는 것은 물론 그 미소를 보는 다른 사람들까지도 행복하게 해줍니다. 활짝 피어난 아름다운 꽃을 보면, 저절로 기쁘고 행복해지듯이 꽃처럼 환하게 미소 짓는 사람을 보면 저절로 기쁘고 행복해집니다.

미소가 물결처럼 퍼져 나갈수록 우리 사회는 그만큼 밝고 아름다워지기 마련입니다. 소리 없이 어둠을 밀어내는 촛불처럼 미소가 세상의 어둠을 조금씩 몰아내고, 세상을 환하게 밝히는 등불이 될 수 있는 것입니다. 그래서 미소는 '소리 없는 천사'입니다. '기쁨 충전소', '행복 발전소'라고도 할 수 있습니다.

불교에서는 '무재칠시無財七施'라 하여 돈 없이도 할 수 있는 7가지 보시普施 행위를 늘 하도록 가르치고 있습니다. '웃는 얼굴, 좋은 말씨 또는 상냥한 인사, 따뜻한 눈길, 따뜻한 마음, 정돈하는 생활, 양보, 남을 대접하는 마음'을 말하는데 이를 언제나 행함으로써 남들에게 기쁨과 행복감을 선사하고 선행을 쌓으라는 거지요.

길가나 산야山野에 피어 있는 꽃들은 그 모습 자체만으로도 우리의 마음을 밝고 기쁘게 해줍니다. 마찬가지로 우리의 밝은 미소, 상냥한 말씨, 따뜻한 눈길, 작은 친절이나 양보, 타인을 위한 배려 같은 것들도 다른 사람들의 마음을 밝고 기쁘게 해줍니다. 나아가서는 우리 사회를 메마르지 않게 하고, 보다 밝고 아름답고 풍요롭게 해주는 토양이 됩니다.

이런 것들은 누구나 할 수 있습니다. 돈도 들지 않고, 별로 힘들 것도 없습니다. 가정과 직장, 거리나 지하철 안, 사회 등 어디에서나 할 수도 있습니다. 뿐만 아니라 이렇게 함으로써 본인 스스로도 기쁘고 행복해지며, 보람도 느껴집니다. 영혼도 맑아집니다.

나를 사랑하니까 행복하다

나를 사랑하시나요? 아니면 나를 미워하시나요?

내가 나를 사랑하면 내가 예뻐 보입니다. 그러나 내가 나를 못마땅하게 여기고 미워하면 내가 싫고 미워 보입니다. 예쁜 나를 보면 행복해지고 삶의 의욕도 넘쳐 납니다. 그러나 미운 나를 보면 짜증이 나고, 스스로 불행한 것 같고, 삶의 의욕도 없어집니다.

그러니까 내가 나를 사랑하고 예뻐하는 것 그리고 '난, 나를 정말 좋아해. 나 때문에 난 행복해' 하고 생각하는 것이 곧 행복의 비결인 것입니다. 반면에 내가 나를 미워하고 못마땅하게 여기는 것, '난, 내가 정말 싫어. 나 같은 건 싫어' 하며 자학하는 것은 곧 불행으로 치닫는 지름길인 것입니다.

잘났든 못났든 나란 존재는 이 세상에 단 하나밖에 없는 소중한 존재입니다. 그 어느 것과도 바꿀 수 없는 아주 고귀한 존재인 것입니다.

스스로를 아끼고 사랑할 줄 아는 사람은 행복합니다. 스스로를 아끼고 사랑하면 지금 산에 있는 나도 행복하고, 지금 바닷가나 강가에 있는 나도 행복합니다. 지금 꽃이나 구름을 바라보거나, 매미나 풀벌레의 소리를 듣거나, 산책을 하거나 책을 읽는 나도 행복합니다. 지금 무더위 속이지만, 땀 흘리며 일하거나 공부하고 있는 나 또한 행복한 사람이 됩니다. 비록 맥 빠지고 지루한 일상, 질척한 삶이라 할지라도 지금 살아있고 뭔가를 할 수 있다는 것, 그것 하나만으로도 나는 어디에서 무엇을 하고 있든지 행복한 사람입니다.

설령 고통과 시련 중에 있다 하더라도 희망이 있고, 기도할 수 있고, 충만한 삶의 의욕이 있다면 그 또한 행복한 사람이 되는 것입니다. 황금보다 더 소중한 것이 지금 이 순간, 내가 살아 숨 쉬고 있다는 것 아니겠습니까? 그러므로 그 어떠한 처지에서도 나는 나를 사랑해야만 합니다.

나를 한없이 아끼고, 스스로를 축복해 주어야만 합니다. 나부터 나를 아끼고 사랑해야 남들도 나를 그렇게 대해줍니다. 내가 나를 사랑하지 않는데, 어느 누가 나를 진정으로 아끼고 사랑해 줄 수 있습니까?

그래도 날 미워하겠습니까? 그래도 날 못마땅하게 여기실 겁니까? 그래서 스스로 불행해질 겁니까?

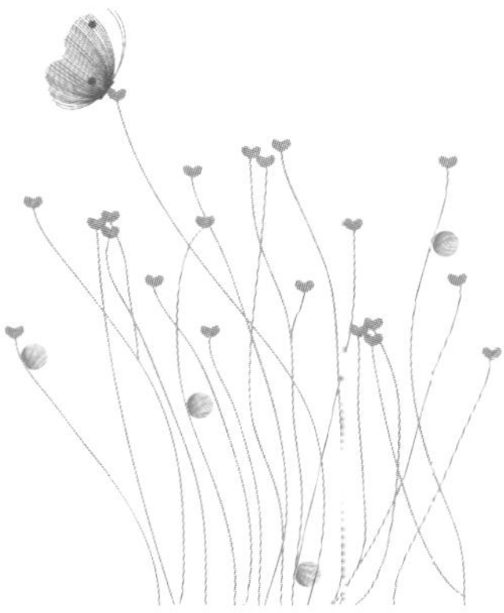

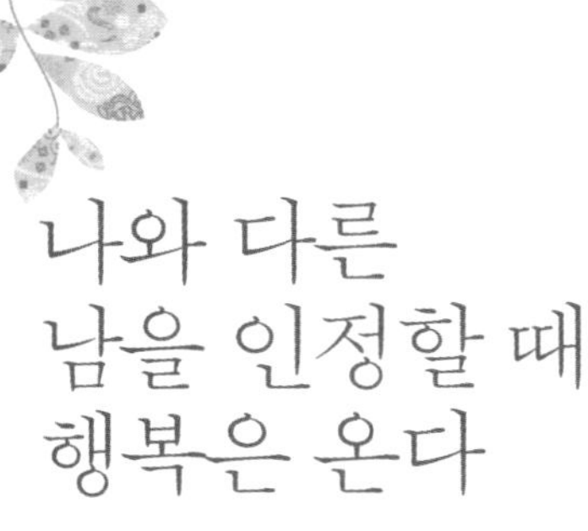

나와 다른 남을 인정할 때 행복은 온다

호메로스의 서사시 〈일리어드〉를 보면 이런 이야기가 나옵니다.

그리스의 영웅들이 약탈당한 헬렌을 구출하기 위해 원정군을 편성하는데, 꼭 있어야 할 당대의 명장名將 아킬레스가 어디론가 숨어버리고는 나타나질 않았습니다. 자기 아들 아킬레스가 트로이 전쟁터로 가면 죽게 되리라는 걸 알고 여신인 테티스가 아킬레스를 여장女裝시켜 딸들과 함께 멀리 보내 숨겨 놓았던 겁니다.

그러나 그리스 원정군의 총사령인 미케네 왕 아가멤논의 참모이자 훗날 꾀로써 트로이 성을 함락시킨 영웅 오디세우스는 아킬레스가 여장을 하고 헬라스에 숨어있음을 알아냅니다. 곧 그는 곧 행상인으로 가장한 후 헬라스로 갑니다.

오디세우스는 헬라스 장터에서 아름다운 여자 옷들과 훌륭한 칼들을 진열해 놓고 아킬레스가 나타나기만을 기다립니다. 그리고 마침내 아킬레스는 여장을 한 채 누이들과 함께 장터에 나타나지요.

이때 아킬레스의 누이들은 모두 오디세우스가 펼쳐 놓은 물건들 앞에서 걸음을 멈춥니다. 그리고는 아름다운 여자 옷들을 만지작거리며 갖고 싶어 합니다. 하지만 아킬레스는 여자 옷에는 전혀 관심도 두지 않고 훌륭한 칼이 진열된 곳으로 가 그 칼만 살펴봅니다.

아무리 감추려고 해도 여자로서의 본능과 남자로서의 본능은 끝내 숨길 수 없음을 잘 보여줍니다. 이렇듯 남자와 여자의 보는 시선은 사뭇 다른 것입니다.

그래서 남자와 여자는 함께 걷고 있어도 서로 다른 곳을 바라보는 수가 많으며, 이로 인한 갈등 또한 적지 않습니다. 나와 행동 혹은 생각이 나와 다르다고 해서 무조건 상대를 비난하거나 받아들이려 하지 않는다면, 상대방 또한 나를 받아들이지 않습니다. 오히려 그도 역시 내가 틀렸다며 맞받아칩니다. 그래서 다툼과 불화, 미움과 분노심도 생깁니다. 그리고 이것이 쌓이면 서로의 가슴속에 깊은 상처만 남습니다.

특히 남녀 간의 사랑은 서로의 다름을 인정하고, 그 다름을 포용하며 배려해주는 데에서 출발합니다. 사랑은 강압이나 강요, 전제 조건 혹은 어떠한 필요나 이기심 등을 앞세우거나, 어떤 조건을 내세워 거래하거나 빼앗을 수 있는 것도 아닙니다. 오히려 아무런 조건도 내세우지 않고 상대방을 편하고 자유롭게 해주며, 그 자유로움 속에서 스스로 판단하고 선택할 수 있도록 배려하며 기다려 주는 것이 진정한 사랑입니다. 자유 혹은 자유의지가 없는 사랑이란 결코 있을 수가 없는 것입니다. 그러면서 내 시선이 아니라 상대방의 시선으로 세상과 사물을 살필 수도 있어야 합니다.

이것이 바로 삶의 지혜일뿐만 아니라 남녀 간의 다름 속에서도 서로 일치를 이루며 평화롭게 공존할 수 있는 '다름의 미학'인 것입니다. 그리고 이러한 '다름의 미학'이 보다 보편화되고, 남녀 간에 서로 인정하며 존중할 때 가정은 더욱 행복해지고 세상은 더욱 밝아지는 게 아니겠습니까?

긍정의 항복

임진왜란 때 전라도에 있던 남원 성城이 왜군들에 의해 점령되면서 그곳에 있던 많은 조선인들이 포로로 붙잡혀 일본으로 끌려갔습니다. 이들은 적국인 일본 땅에서 포로의 신세로 온갖 학대를 받고 살면서도 언젠가는 반드시 고향으로 돌아갈 수 있으리라는 희망을 잃지 않았습니다. 오히려 그들은 서로를 위로하고 격려하며 이런 노래를 자주 불렀다고 합니다.

오늘이 오늘이소서.
매일이 오늘이소서.

이 노래는 그 가사만 전해 올 뿐 곡조는 전해 오지 않습니다. 그런데 이 노래에는 이런 깊은 뜻이 담겨 있다고 합니다. 즉 몸은 비록 고되고 서글픈 삶이지만, 오늘 주어진 삶에 감사하며 오늘 같은 날이 매일 계속 되기를 바라는 노래라는 겁니다.

실로 대단한 긍정적인 자세라 하지 않을 수 없습니다. 자신의 신세를 원망하고 한탄하며 슬퍼하는 것이 아니라 오늘도 살아 있음에 감사하며 긍정적으로 살겠다는 뜻이니까요.

아프리카의 어느 부족 사람들은 사람이 죽었을 때 '이제 그는 떠났습니다'라고 말하지 않고, '이제 그는 도착했습니다'라고 말한다고 합니다. (죽어서) 하늘나라에 도착했다는 것입니다. 다시 말해 그들은 하늘나라에서 이 세상 쪽을 바라보고 있는 것이지요.

이런 시각으로 본다면 사랑하는 사람이 죽더라도 덜 슬플 것입니다. '사랑하는 내 친구가 세상을 떠났다'고 생각하기보다는 '사랑하는 내 친구가 이제 하늘나라에 도착했다'고 생각하는 것이 훨씬 더 좋지 않겠습니까?

지금 내가 처한 현실에 대해 불평을 털어 놓고 불만을 갖기 전에 스스로의 현실을 인정하고, 이를 긍정적으로 받아들일 때 행복은 시작되는 것입니다.

환경이 좋고 가진 게 많아서 행복한 게 아니라, 비록 환경이 나쁘고 가진 것이 적더라도 현실을 긍정적으로 받아들이며 작은 것에도 감사하며 기뻐할 때 스스로 행복해지는 것입니다. 또한 스스로 행복하다고 여기면 비록 가진 것이 적다 하더라도 실상 많은 것을 가지고 있다는 것을 깨닫게 될 것입니다.

'행복해서 노래하는 것이 아니라 노래하니까 행복해진다'는 말도 있습니다. 비록 희망도 없고 행복하지도 않은 척박한 현실일지라도 스스로 희망을 갖고 기뻐하며 감사하는 삶을 산다면 행복은 저절로 찾아온다는 뜻이겠지요.

4장

어디에서 왔는가, 어디로 갈 것인가

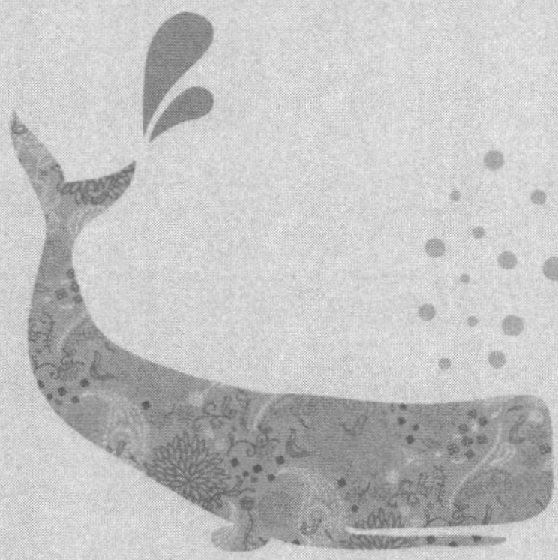

응급실에서 본 천국

저희 집 막내가 초등학교 저학년이던 어느 해 여름, 가족이 함께 강촌江村에 있는 구곡폭포에 놀러 간 적이 있습니다. 그런데 그날 밤 집에 돌아와서 자는데 갑자기 옆구리에서부터 하복부를 날카로운 칼로 도려내고 갈고리로 긁어내는 듯한, 극심한 통증이 덮치면서 소변에 피가 섞여 나오는 것이었습니다.

두려운 생각이 밀물처럼 몰려 왔습니다. 심한 통증을 도저히 견딜 수 없어 119구급차에 실려 병원 응급실로 가게 되었는데, 그 통증이 어찌나 심한지 응급실 침대 다리를 붙잡고 몸부림칠 정도였습니다. 거기까지 따라 온 막내(아들)가 걱정스러운 눈길로 지켜보고 있었지만, 그야말로 아들 앞에서의 체면이고 뭐고 없더군요.

하지만 한참 만에 나타난 당직 의사는 빨리 진통제를 놔 주지도 않고 이런저런 검사를 받아야 한다며 참으라는 겁니다. 그렇게 한참을 고통 받다가 주사를 맞고 겨우 잠이 들었는데, 얼마쯤 잤을까 눈을 떠 보니 통증은 어느새 멎어 있고 응급실 유리창 너머로 보이는 가로수의 나뭇잎이 따가운 아침 햇살을 받아 반짝거리는 모습이 눈에 들어왔습니다.

한여름 아침의 그 눈부신 햇살과 바람에 펄럭이며 반짝거리는 잎새를 보는 순간, 세상이 그렇게 아름답고 평화롭게 느껴질 수가 없었습니다. 마치 거센 폭풍우가 휩쓸고 지나간 듯한 통증이 멎으면서, 어제와 다를 바 없는 세상이 천국에라도 온 것처럼 그토록 다르게 느껴졌던 겁니다.

전 그때 요로결석이 얼마나 통증이 심한 병인지를 절실히 느꼈습니다. 정말 죽는 게 차라리 낫겠다는 생각마저 들 정도였으니까요. 다행히 수술까지는 안 해도 된다고 해서 치료와 처방만 받고 퇴원했습니다.

어느 시인은 병에 걸리면 누구나 '외로운 섬'이 된다고 했는데, 정말 아플 때에는 누구도 그 아픔을 대신해 줄 수가 없다는 사실을 절실히 깨달았습니다. 오로지 혼자서 그 고통과 외로움을 느끼며 병마에 맞서 싸워야 할 뿐이지요.

또한 지금 내가 건강하게 숨 쉬며 살아 있다고 해서 내일도 그렇게 살아 있다고 확신할 수도 없는 일입니다. 내일 아침에도 오늘 아침처럼 내가 눈을 뜰 수 있을지는 아무도 모릅니다. 다만 내일 아침에도 오늘 아침처럼 눈을 뜨고 살 것이라는 막연한 기대와 믿음으로 잠을 청하는 것일 뿐입니다. 아니, 내일은커녕 잠시 후에 내가 어떻게 될지 모르며 살아가는 것이 우리들 인간입니다.

그러니 지금 건강하게 일상을 보내고 있다면, 살아 숨 쉬고 있다면 특별히 좋은 일이 없다 하더라도 그것만으로도 참으로 감사해야 할 일인 것입니다. 지금 아파서 고통 받고 있는 사람들이 간절히 염원하며 하루 속히 돌아가고 싶어 하는 바로 그 천국 같은 일상을 지금 내가 누리고 있는 셈이니까요.

우리는 질병으로 인한 아픔과 시련, 고독과 소외감, 불안감이나 두려움 등을 통해 영적으로 더욱 성장하며 새로운 깨달음도 얻을 수 있습니다. 병마와 싸우며 겪는 그 아픔과 외로움을 통해 우리의 영혼은 더욱 각성되며 보다 클 수 있는 것입니다. 병중의 그 불안감과 두려움을 통해 자신을 낮출 수 있고, 겸손함도 배우게 됩니다. 아울러 생명과 삶의 존귀함도 체득하며, 질병과의 투쟁을 통해 살아가면서 겪는 온갖 아픔과 시련에 맞서 싸울 수 있는 투쟁력도 강화됩니다.

그러므로 자신이 지금 뜨거운 용광로에서 단련되고 있는 쇳물과 같다고 여기며 이것들 또한 감사해야 할 일입니다. 아파서 고통 받고 신음하면서도 기뻐해야 할 일입니다.

언젠가 어느 일간지에 2년가량 백혈병을 앓다가 숨진, 어느 초등학교 6학년 어린이가 쓴 일기의 일부가 실린 적이 있습니다. 커서 작가가 되고 싶다던 어린이가 쓴 일기 중에는 이런 내용의 글이 있었습니다.

'나에게 백혈병이 왔다. 너무나 억울하고 슬프다. 내게 맞는 골수가 없다고 한다. 누군가 나를 살려 줬으면 좋겠다. 바다에 가 보고 싶다. 파란 하늘을 보고 맑은 공기를 마시고 싶다. 이런 것을 느끼기만 해도 얼마나 큰 행복인지를 알았다. 살아서 숨 쉬는 것이 얼마나 감사한 일인가!'

지금 이 순간에도 이 어린이처럼 깊은 병 속에서 자신의 생명의 불꽃이 꺼지지 않고 좀 더 이어질 수 있기를 바라며 누군가가 자신을 좀 살려 주었으면 하고 간절히 염원하는 사람들이 있습니다. 지금 이 순간, 병상에서 신음하며 바다나 산에 한 번 가고 싶다거나 파란 하늘을 바라보며 맑은 공기를 마셔 보고 싶다는 사람들도 많이 있습니다.

그런 그들을 생각하면 지금 살아서 숨을 쉬고, 움직일 수 있는 몸으로 바다든 산이든 갈 수 있고, 파란 하늘을 바라보며 가슴을 활짝 열어 맑은 공기를 마실 수 있다는 것은 실로 큰 축복이 아닐 수 없는 것입니다. 어찌 감사해야 할 일이 아니겠습니까? 어쩌면 이것이 바로 기적일 수도 있겠다는 생각도 듭니다.

지금 이 순간,
죽는 그 순간

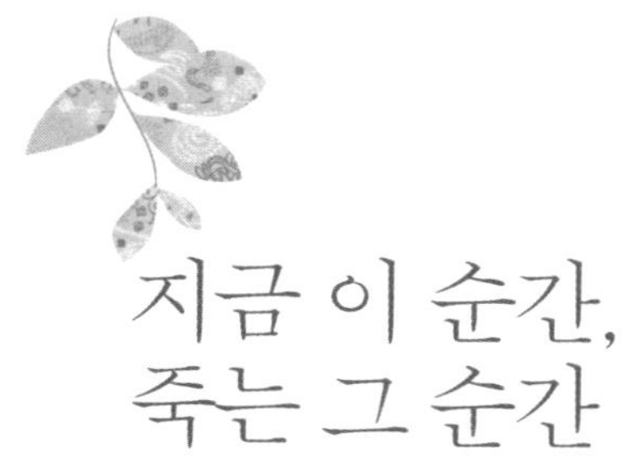

'태어나는 순간이 곧 죽음의 시초'라는 말이 있습니다. 태어나는 그 순간부터 죽음은 이미 시작되었다는 것이지요. 사실 우리는 매일매일 살아가고 있는 것 같아도 실제로는 매일매일 죽어가고 있는 것입니다. 결국 사람이 살아간다는 것은 곧 죽음을 향해 행진하고 있다는 뜻이 됩니다. 그만큼 산다는 것은 실로 엄숙한 일입니다.

중국 한漢나라 무제 때 흉노匈奴 정벌에 나섰다가 오히려 흉노에게 패하고 붙잡혀 포로가 된 한나라 장군 이릉李陵을 변호하다가 역적으로 몰려 사형 당할 처지에 놓이게 된 사마천司馬遷. 그러나 그는 단지 목숨을 부지하기 위해서가 아니라, 어떻게 해서든지 살아남아 자신이 오랫동안 쓰고자 했던 역사서 〈사기史記〉를 저술하고 싶었습니다. 그래서 기꺼이 '남성男性'을 거세당하는 궁형宮刑을 택했던 그는 훗날 이런 말을 했습니다.

"사람은 누구나 다 죽기 마련이지만 어떤 죽음은 태산보다 무겁고, 또 어떤 죽음은 홍모鴻毛, 기러기의 털이란 뜻으로 극히 가벼운 사물을 비유한 말보다 가볍다. 죽음을 사용하는 방법이 다르기 때문이다."

죽어도 보람 있고 가치 있는 죽음을 해야 한다는 뜻입니다. 어차피 한 번은 다 죽는 것, 어떻게 잘 죽느냐 하는 것이 중요하다는 것이지요.

그러나 보다 가치 있고 아름답게 잘 죽기 위해서는 지금 살아 있는 이 순간이 가치 있고 아름다운 삶이 되지 않으면 안 됩니다. 지금 가치 있고 아름다운 삶을 사는 사람만이 그 어느 순간 죽음이 닥치더라도 보다 가치 있고 아름답게 잘 죽을 수 있는 것입니다.

러시아의 작가 톨스토이는 그의 단편 소설 〈세 가지 질문〉에서 '우리에게 있어 가장 중요한 순간은 바로 지금 이 순간'이라고 했습니다. 과거는 이미 지나가 버린 시간이고, 미래는 아직 도래하지 않은 불확실한 시간인 데 비해 지금 이 순간은 현재 내가 누리며 무엇인가를 할 수 있는 가장 명확한 시간이기 때문이라는 겁니다.

아울러 그는 나에게 있어 가장 필요한 사람은 다름 아닌 '바로 지금 내 곁에 있는 사람'이라고 말합니다. 그 이유는 내가 과거에 만났던 사람은 이미 지나가 버렸고, 내가 미래에 만나게 될 사람은 누군지 모르는 불확실한 사람이므로 지금 내 곁에서 나와 함께 호흡하며 더불어 살아가는 사람이야말로 가장 소중하고도 필요한 사람이라는 거지요.

또한 그는 지금 내가 해야 할 가장 시급하고도 중요한 일은 '지금 내 곁에 있는 그 사람에게 선善을 행하는 것'이라고 말합니다. 그러면서 이것이야말로 인간이 이 세상에 온 유일한 이유라고 강조합니다.

스스로 취할 수도 있었던 이 세상의 부귀와 명예도 다 던져 버리고 오로지 고통 받고 소외된 사람들을 위해 살겠다는 마음으로 낮은 곳에서 낮은 자로서의 삶을 살았던 〈울지마, 톤즈〉의 저 이태석 신부.

그는 톨스토이가 말한 것처럼 늘 현재의 삶에 충실했고, 지금 내 곁에 있는 사람들을 사랑했으며, 그들에게 선을 행하면서 필요한 사람이 되고자 했습니다. 따라서 그의 삶은 매순간 매순간이 가치 있고 아름다웠으며, 죽는 그 순간과 죽음까지도 가치 있고 아름다울 수밖에 없었던 겁니다.

그래서 '잘 사는 것이 곧 잘 죽는 것'이며, '산다는 것과 죽는다는 것이 서로 다른 말이 아니라 곧 같은 말이 되는 것'입니다. 이제까지 살아오면서 헛된 것들만 쫓으며 살았다면 결국 헛된 것밖에 얻을 수 없는 것입니다.

그러니 지금 살고 있는 순간순간을 좀 더 소중히 여기며 가치 있고 아름답게 잘 살고, 그래서 죽는 그 순간에도 아름답고 가치 있게 잘 죽을 수만 있다면 얼마나 기쁘고 행복한 일이겠습니까?

무엇을 남기고 갈 것인가

가깝게 지내던 고등학교 후배로부터 어머니가 돌아가셨다는 연락을 받고 병원 영안실로 간 적이 있습니다. 그런데 그곳에서 후배로부터 가슴 아픈 이야기를 전해 들었습니다. 불과 며칠 전 남동생이 간경화로 세상을 떠났는데, 남동생의 장례식을 치르고 돌아온 날 평소 건강이 안 좋던 어머니가 갑자기 쓰러져 돌아가셨다는 겁니다.

흔히 불행은 겹쳐서 온다고 하지만, 아들의 장례식을 치르고 돌아온 날 그 어머니마저 돌아가시다니! '사랑하는 임이 죽으면 앞산에 묻고, 자식이 죽으면 가슴에 묻는다'는 말도 있듯이 충격과 슬픔이 너무나 컸기 때문이었을까요?

부모가 자식을 먼저 떠나보내는 그 비통하고도 처참한 심정, 즉 '참척慘慽의 고통'을 겪어 보지 않은 사람이 어찌 알 수 있겠습니까?

더욱이 이 후배의 형은 저와 동갑인데, 몇 년 전 병으로 세상을 떠난 터였습니다. 불과 몇 년 사이에 어머니와 형 그리고 동생을 잃은 그 후배가 안됐다는 생각이 들었습니다. 게다가 아버지마저 전립선암으로 투병

중이라니…….

후배의 연속된 불행, 사랑하는 가족의 연이은 죽음을 보면서 우리들의 이 세상에서의 인연이란 것도 참 짧고 허망하다는 생각이 들었습니다. 단지 그 시기나 죽음의 방법만 다를 뿐 언젠가는 이 세상에서 다 헤어지고 말 사람들이기 때문입니다.

그래서 아랍의 시인 아부다둘라 안사리는 이렇게 노래했습니다.

벗이여, 믿음을 두지 말라. 3가지 것에.
마음과 시간과 생명에는.
마음은 쉽사리 현혹되며
시간은 언제나 흘러가고
생명의 모래는 다해 버리는 것이다.

이처럼 흐르는 시간 속에서 모두가 다 떠날 수밖에 없고, 언젠가는 나 자신마저 떠나고야 말 이 세상에서 우리가 가지고 갈 수 있는 것은 과연 무엇이겠습니까? 돈입니까, 명예입니까, 권력입니까? 지금 내가 스스로 아름답다거나 건강하다며 뽐내는 그 육체입니까?

내가 가지고 갈 수 있는 것이란 아무것도 없습니다. 소유했던 그 모든 것들은 어떠한 형태로든 이 세상에 다 남겨 놓은 채 우리는 다만 한 줄기 바람처럼 떠나갈 뿐입니다.

그렇다면 세상을 떠날 때 무엇을 가지고 갈 것인가를 찾을 게 아니라 무엇을 남기고 갈 것인가를 살펴봐야 하지 않겠습니까? 그것이 돈이나 지식이든 혹은 자신의 육체든 좋은 곳에 쓰이도록 기부나 기증하고 떠나가는 것은 또 어떻습니까?

인도 사람들의 사고방식에는 어떤 사물에 대한 공동 소유의식이 짙게 깔려 있다고 합니다. 즉, 이 세상에 존재하는 그 모든 것들은 모두 신神의 소유이며, 어떤 개인이 갖고 있는 것은 신이 그에게 잠시 맡겨 놓은 것에 불과하다는 것입니다. 그 어떤 것도 어느 개인의 완전한 소유가 될 수 없다는 생각이지요.

인도를 여행하던 어느 외국인 관광객이 기차역 대합실에서 가방을 옆에 놓고 앉아 기차를 기다리고 있었다고 합니다. 그런데 한 인도인이 다가오더니 그의 가방을 열고는 그 속에 들어 있던 휴지를 그냥 꺼내 쓰더라는 겁니다. 아무런 말도 없이.

이에 기분이 좀 상한 그 외국인이 얼굴을 찌푸리며 한 마디 했습니다.

"왜 남의 물건을 주인 허락도 없이 꺼내 쓰는 거요?"

그러자 그 인도인은 오히려 이상하다는 표정을 지으며 이렇게 대꾸하더라는 겁니다.

"이 물건은 애초에 신이 당신께 잠시 맡겨 둔 것이오. 그래서 신의 것을 내가 같이 좀 쓴 것뿐인데, 뭘 그러시오?"

사실 처음부터 내 것인 것은 없습니다. 처음엔 모두가 빈손이었는데, 어쩌다 내가 갖게 되었을 뿐입니다. 그래서 이 세상을 떠날 때에는 그동안 내가 맡고 있던 것들을 다 신에게 반납하고 처음 이 세상에 올 때처럼 빈손으로 그냥 떠나는 거구요.

그런데도 인간은 옷걸이 같은 자신의 존재를 망각하고, 옷걸이가 옷의 주인 행세하듯 하는 수가 많지요. 강물 위로 새가 날아가고 그 그림자가 강물 위에 비치면 그 그림자는 허상虛像일 뿐인데, 사람들은 종종 그 허상을 실상實像으로 착각하는 것과 다를 바 없다는 생각이 듭니다.

열린 마음,
받아들이는 마음

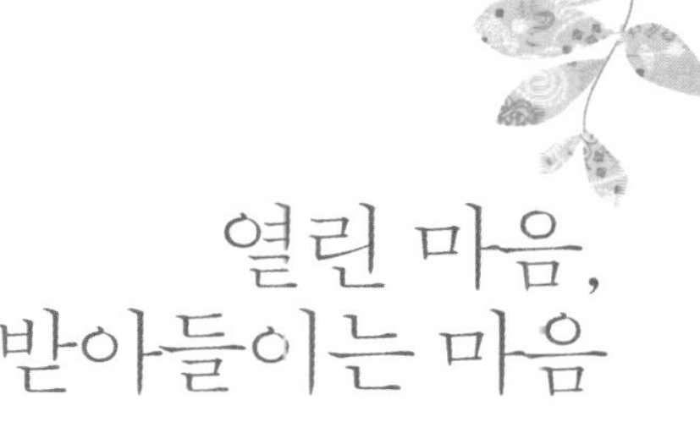

미움을 버리지 못하고 용서하지 못하는 마음, 남을 받아들이지 못하는 마음속에서 내 영혼은 여전히 밤일뿐입니다. 미움을 버리고, 진정으로 용서하고, 온 마음으로 남을 받아드릴 때에 비로소 내 영혼에도 어두운 밤을 뚫고 여명이 밝아 오는 것입니다.

영혼의 새벽은 내 눈에 잔뜩 끼었던 그 '영혼의 백태'가 벗겨지는 순간입니다. 그리하여 내 영혼이 새롭게 거듭나고, 나 자신과 나를 둘러싸고 있는 그 모든 것들을 올바로 직시하며 마음의 문이 활짝 열리는 순간입니다.

공자孔子가 제자인 자공子貢, 자로子路 등과 함께 산길을 가다가 그만 길을 잃어 버렸습니다. 게다가 밤도 되었습니다.

이들은 어둠 속을 헤매다가 한 오두막집을 발견했습니다. 그곳에는 나이가 많은 할머니가 혼자 살고 있었습니다. 공자 일행은 이 할머니에게 하룻밤 묵어 갈 수 있기를 청했습니다. 할머니는 이들을 방으로 들어가게 하고는 부엌으로 들어가 죽을 끓여 왔습니다.

몹시 배가 고팠던 공자 일행은 할머니가 들고 들어온 밥상을 반겼습니다. 그러나 다음 순간, 공자의 제자들은 상을 내려놓는 할머니의 손과 죽이며 반찬이 담긴 그릇들을 보고는 입맛을 잃고 말았습니다. 할머니의 거친 손에는 때가 잔뜩 끼어 있었고, 그릇들도 모두 더러워 보였기 때문입니다. 그래서 제자들은 언짢은 표정으로 서로를 쳐다보고만 있었습니다.

그런데 평소 식성이 까다롭기로 유명한 공자는 아무렇지도 않은 듯한 태도로 죽을 맛있게 먹는 것이었습니다. 이것을 본 제자들이 놀란 표정으로 공자를 쳐다보았습니다.

그러자 공자가 그들을 향해 이렇게 말합니다.

"왜들 먹지 않는 겐가? 자네들은 오직 저 노인의 손과 그릇만 보았을 뿐 그 마음속에 담긴 것들은 보지 못하고 있네. 저 노인의 마음속에 담긴 정성과 자비 그리고 친절함은 왜 보지 못하는가? 사람은 남을 대접할 줄도 알아야 하지만, 남의 고마운 마음을 고맙게 잘 받을 줄도 알아야 하네."

공자의 제자들처럼 우리는 흔히 사람의 마음이나 그 마음속에 담긴 진실한 것들을 보기보다는 그 사람의 외모나 외적인 지위, 즉 겉으로 드러나는 외형을 보고 사람을 판단하는 수가 많습니다. 그리고 이로 인해 진정한 인간의 가치나 마음은 보지 못하고 그릇된 판단을 자주 합니다.

뿐만 아니라 이러한 그릇된 판단으로 인해 경솔한 행동이나 결례를 하며, 잘못을 저지르는 수도 적지 않습니다. 그래서 상대의 마음에 상처를 입히기도 하며, 편견도 갖습니다.

그러나 인간과 인간의 관계는 다른 사람의 마음을 이해하고 받아들이며 상대방과 하나가 되고자 노력할 때 더욱 친밀하고도 아름다운 관계가 됩니다.

비워야 비로소 얻는다

여행길이나 나그네 길에 있어서 가장 요구되는 것은 '가벼움'입니다. 지닌 것이 많으면 많을수록 그 소지한 물건들로 인해 자유롭지 못하고 거추장스러울 뿐만 아니라 그런 물건들에 마음을 빼앗기기가 쉽기 때문입니다.

반면 지닌 것이 적으면 그것에 마음을 빼앗길 염려도 적고, 보다 자유롭고 홀가분하게 여행을 즐길 수 있습니다. 예로부터 동·서양을 막론하고 수행자들이 가급적 물건을 지니지 않고 수행 길에 나섰던 것도 그래서입니다.

인도의 간디는 여행이나 수행 길에 나설 때면 꼭 필요한 몇 가지 물건만 가지고 떠났던 것으로 유명합니다. 항상 가난하고 겸허하게 살았던 프란체스코 성인도 수행을 위해 길을 나설 때면 늘 빈 몸으로 떠나곤 했습니다.

인생살이에 있어서도 너무 많은 것들을 소유하고 있다 보면, 그것들에 얽매여 신경을 많이 쓰게 되고, 그것들을 잃을까봐 두렵고 불안해질 때가 많은 법입니다. 또한 많이 가지고 있다고 해서 행복한 것도 아닙니다.

어느 노스님이 먼 길을 가는데 차를 타지 않고 걸어가자 동행한 불교 신자가 물었습니다.

"스님, 차를 타고 가면 편하게 빨리 갈 수 있는데 왜 힘들고 느리게 걸어가십니까?"

그러자 노스님이 말했습니다.

"난 걸어가는 게 편하네. 그리고 좀 빨리 간다고 해서 뭐가 달라지나? 또 빨리 가는 것만큼 보지 못하는 것도 많고, 생각 못하는 것도 많은 법이지."

"그래도 차는 타라고 있는 게 아닙니까?"

"다리도 걸으라고 있는 것이지. 그리고 난 천천히 걸으며 생각하고 내 마음 속에 있는 번잡한 것들을 하나씩 버리며 걷는 게 좋아. 또 그러면 마음이 평화롭고 행복해져."

걷는다는 건 단순히 다리 운동에 그치지 않습니다. 하지만 노스님의 말처럼 걸으며 생각하고, 명상하면 자기 성찰의 시간이 됩니다. 그러면 마음의 기쁨과 평화, 행복감도 찾아옵니다.

특히 바쁜 일상에서 잠시 일탈하여 숲이나 한적한 오솔길 또는 푸른 들판이나 넓은 보리밭, 섬이나 바닷가의 소로小路 등을 걸으며 자연과 하나 되어 호흡하는 건, 자신을 새롭게 깨닫는 진지한 탐색일 뿐만 아니라 내 영혼과의 깊은 속삭임을 할 수 있는 시간도 됩니다.

최근 우리나라에서도 제주도의 많은 올레 길들이 새롭게 개발된 데 이어 전국 각지에 많은 올레 길들이 생겨나고, 그 길들을 걷는 '올레 열풍'이 불고 있는 것도 자연에 몸을 맡기고 걸으면서 번잡했던 일상을 잠시 잊으며 보다 진지하게 나를 성찰해 보고, 마음의 평화와 여유를 얻기 위해서가 아니겠습니까?

욕심을 부리면 세상은 온통 내가 빼앗아야 할 것들로 가득해 보입니다. 그러나 마음을 비우고 욕심 없이 순리대로 살면 세상은 평화롭게 보이며, 그 평화와 여유가 내 마음속에 들어와 나를 자유롭게 합니다.

내 안에 있는 구정물통

어떤 청년이 이웃 사람으로부터 심한 모욕을 당했습니다. 그러자 그는 분노에 휩싸여 집으로 달려가 칼을 들고 나왔습니다. 자신을 모욕한 그 사람을 죽일 결심을 했던 겁니다.

마침 이것을 본 어느 노인이 그에게 다가가 말했습니다.

"여보게, 젊은이. 흥분을 가라앉히고 집으로 돌아가게."

하지만 청년은 여전히 분을 삭이지 못하며 이렇게 대꾸했습니다.

"왜 이래요? 말리지 마세요. 난 저자로부터 아주 심한 모욕을 당해 도저히 참을 수가 없단 말이에요. 저자가 나에게 흙탕물을 퍼부었으니, 난 내 몸에 온통 묻은 그 흙탕물을 씻으러 가겠다는 겁니다."

그러자 노인이 다시 말합니다.

"지금 뒤집어 쓴 흙탕물은 지금 털어버릴 수가 없는 법이네. 마른 다음에 털어 내야지. 그러니, 지금 자네 몸에 묻은 흙탕물이 마를 때까지 만이라도 기다려 보게. 그러면 생각도 달라질 걸세. 나도 자네처럼 순간을 참지 못해 살인을 저지르고, 평생을 교도소에서 보내면서 비로소 깨달은 생각이라네."

순간적인 감정에 휩싸여 내 마음이 마치 구정물통처럼 되어 버리면, 자칫 더 큰 불행과 비극을 초래할 수 있습니다. 이를 막기 위해서는 무엇보다도 먼저 시간과 인내가 필요한 법입니다. 심한 폭우로 흙탕물이 된 강물이 평온했던 본연의 모습을 되찾기까지에는 시간과 기다림이 필요하듯이.

미국의 작가 허먼 멜빌이 쓴 소설 〈모비 딕(백경)〉을 보면, 모비 딕이라는 이름을 가진 거대하고 포악하고 교활하기까지 한 흰 고래에게 한쪽 다리통을 물어 뜯겨 외다리가 된 에이합 선장이 '복수의 화신'이 되어 그 흰 고래를 끝까지 따라다니는 이야기가 나옵니다. 그리고 마침내 그 흰 고래와 다시 만나 사흘간의 처절한 사투 끝에 에이합 선장은 작살을 흰 고래에 명중시키지요.

하지만 그는 작살과 연결된 밧줄이 목에 감기는 바람에 흰 고래와 함께 깊은 바다 속으로 가라앉습니다. 뿐만 아니라 바다 속으로 가라앉았던 모비 딕이 갑자기 불쑥 치솟아 오르며 마지막 발악을 하는 통에 포경선 피쿼트 호는 산산조각이 나고, 멋모르고 에이합 선장을 따라 나섰던 배의 선원들도 한 사람만 빼고는 다 물에 빠져 죽고 맙니다.

이 소설을 두고 문학평론가들은 대자연에 무모하게 도전하려는 우리 인간의 말로를 상징하는 거다, 미래의 핵전쟁과 그로 인한 인류의 멸망을 예고한 거라는 등 여러 가지 해석을 내리고 있습니다.

하지만 전 이 소설이 지닌 상징성이 무엇이든 이 소설을 통해 앙심이나 무모한 보복심은 결국 자신에게 해만 될 뿐이며 죄 없는 다른 사람들에게까지도 피해를 끼친다는 걸 느꼈습니다. 분노나 앙심, 보복심은 키우면 키울수록 난폭한 흉기가 되어 또 다른 불행이나 비극만 초래할 뿐입니다.

그러니 지금 만일 어떤 일로 인해 누구에게 앙심을 품고 있다면 언젠가 그 위험한 칼을 휘두르겠다는 마음부터 속히 거두어 칼집에 도로 꽂는 게 더 큰 불행이나 비극을 막고, 모두가 사는 길 아니겠습니까?

내 마음속의 구정물통을 치우지 않고서 마음은 결코 평온해질 수 없을 뿐만 아니라 오히려 그 구정물통에서 내뿜는 악취와 독기로 내 몸과 마음만 병들 뿐입니다.

내 마음속의 여산

중국 중남부 양쯔강[揚子江] 장시성[강서성, 江西省]에 있는 여산[廬山]은 예로부터 그 산이 매우 깊고 삼면[三面]이 물로 둘러싸여 있는 가운데 온갖 기묘한 봉우리와 바위들이 많고 안개에 휩싸여 있을 때가 많아 그 본 모습을 파악하기 어려운 산으로 널리 알려져 있습니다.

소동파가 그의 '서림사[西林寺, 장시성 여산에 있는 사찰] 담장에 부쳐'라는 시에서

橫看成嶺側成峰

앞에서 보면 산줄기, 옆에서 보면 봉우리

遠近高低各不同

멀리서 가까이서 높은 데서 낮은 데서 그 모습 제각각일세.

不識廬山眞面目

여산의 참모습을 알지 못함은

只緣身在此山中

단지 이 몸이 산속에 있기 때문이라네.

하고 노래했듯이, 그 본모습을 파악하기 어려운 게 여산입니다. 그리고 소동파의 이 시에서 '여산진면목廬山眞面目'이란 말이 나왔는데, 너무도 깊고 유원하여 그 참모습을 파악하기 어려울 때 비유로 곧잘 쓰이는 말입니다.

예로부터 수많은 문인, 화가들이 여산을 시로써 노래하거나 화폭에 그림으로 담아냈지만, 그 어느 것 하나도 같지 않고 제각각인 것도 여산의 진면목을 파악하기가 그만큼 어렵기 때문입니다. 그리고 이것은 다시 말해 그들이 저마다 자신의 눈으로 보고 느낀 것들만 그려 냈을 뿐이니, 결국 그것은 여산이 아니라 저마다 자신들의 마음만을 그려 놓은 셈입니다.

비단 이들뿐만이 아니라 우리도 흔히 자신들의 눈에 보이는 것 또는 내가 생각한 대로 세상이나 사물을 바라보며 판단하는 수가 많습니다. 그러면서도 스스로 그것이 옳다고 여기곤 합니다.

지금 내가 보고 느끼고 판단한 것들이 과연 그 참모습일까요? 혹 나의 아집과 편견 또는 흐려진 마음의 눈에 가려져 잘못 본 것은 아닐까요?

천국에 가면 흔히 세 번 놀란다는 이야기가 있습니다.

첫째, 자기 자신이 천국에 와 있다는 그 사실 자체 때문이라고 합니다.

다시 말해 자신이 죽어서 가기를 그토록 원했던 천국에 지금 와 있다는 사실이 너무도 기쁘고 감격스러울 뿐만 아니라, 그곳이 너무나 아름답고 좋아서 놀라지 않을 수 없다는 겁니다.

둘째, 자신보다 먼저 천국에 와있을 줄 알았던 사람이 뜻밖에도 그곳에 없기 때문이라고 합니다.

이승에 있을 때 착하고 좋은 일도 많이 해서 틀림없이 천국에 갔을 줄 알았던 그 사람을 천국 어디에서도 찾을 수 없기 때문에 놀란다는 겁니다.

셋째, 자신이 보기에 분명히 지옥에 떨어질 줄 알았던 사람이 놀랍게도 천국에 와있기 때문이라고 합니다.

죄도 많고 밉상이며 단점도 많아 보이던 그 사람을 의외로 지옥이 아닌 천국에서 만났다는 사실에 또다시 놀라지 않을 수 없다는 겁니다.

천국과 마찬가지로 지옥에 가서도 자신이 무서운 지옥에 와 있다는 것, 자신이 지옥에 와 있을 줄 알았던 사람이 보이지 않고, 대신 천국에 갔을 줄 알았던 사람이 와 있는 사실에 역시 세 번 놀란다고 합니다.

여기서 우리는 생각과 판단이라는 것이 얼마나 잘못이 많고 오류를 범하기 쉬운 것인지 깨닫게 됩니다. 즉, 자신의 기준이나 주관적인 판단으로 경솔하게 남을 판단하거나 오판하는 수가 많은 것입니다.

그런데도 우리는 너무나 쉽게 남을 판단하고, 자신의 그러한 판단이 옳다고 여기는 것은 아닌지 모르겠습니다. 그러면서 아무렇지도 않게 남을 향해 비난의 돌을 던지며 스스로 의인義人 행세를 하는 것은 아닌지요?

5장

승리의 길,
성공하는 삶

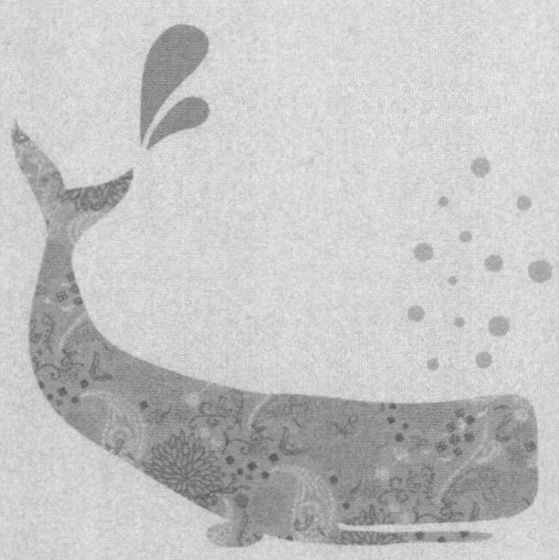

잠재의식의 힘

성공한 사람들 중에는 자신 속에 내재되어 있는 잠재의식을 보다 적절히 그리고 최대한 잘 활용한 사람들이 많습니다. 따라서 성공하려면 자신의 잠재의식이 좋은 방향으로 최대한 활용될 수 있도록 끊임없이 자신을 변화시키지 않으면 안 됩니다. 잠재의식은 일종의 '마음의 뿌리'라고도 할 수 있겠는데, 나무의 뿌리가 튼튼하지 않고서는 좋은 잎이나 열매가 생길 수 없듯이 이 마음의 뿌리를 보다 튼튼하게 바꾸지 않고서는 성공 또한 기대할 수 없는 것입니다.

이른바 '머피의 법칙'으로 유명한 조셉 머피 Joseph Murphy 박사는 잠재의식의 놀라운 힘을 강조하며 마음만 먹으면 얼마든지 자신을 바꿀 수 있을 뿐만 아니라 자신이 원하는 성공도 얻고, 부자도 될 수 있다고 역설했습니다. 그는 특히 '머피의 성공 방법 100가지(잠재의식)'를 제시했는데, 이 중에는 다음과 같은 것들이 있습니다.

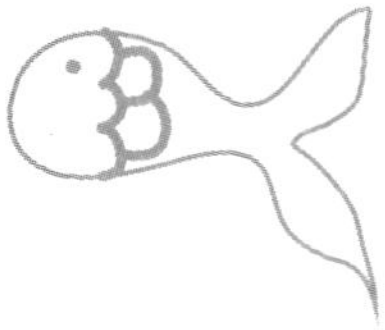

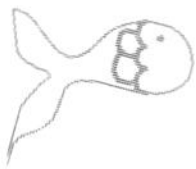

- 좋은 것을 생각하면 좋은 일이 생기고, 나쁜 것을 생각하면 나쁜 일이 생긴다.
- 잠재의식은 만능 기계와도 같다. 무엇이나 가능하지만, 그것을 움직이는 것은 오직 자신의 현재 의식이다.
- 잠재의식을 배에 비유한다면, 의식하는 마음은 배의 선장이다. 아무리 큰 배라 할지라도 선장이 지시하는 쪽으로 움직이기 마련이다.
- 복숭아를 먹고 두드러기가 생겼던 사람은 복숭아를 보기만 해도 두드러기기가 생긴다. 잠재의식은 무엇이든 잊지 않기 때문이다.
- 우주의 보물창고는 자신의 마음속에 있다. 그러므로 그 속에서 보물을 찾아내어 움켜쥐어라.
- 잠재의식은 마치 기름진 땅과도 같으며, 의식하는 마음은 씨앗과도 같다. 좋은 씨에서는 좋은 열매가, 나쁜 씨에서는 나쁜 열매가 열리는 법이다.
- 믿음이 정말 깊으면 기적이라고 밖에 말할 수 없는 일이 일어난다.

- 잠재의식에 씨를 뿌리기에 가장 좋은 때는 의식하는 마음이 쉬고 있을 때와 근육이 이완된 상태일 때이다.
- 암시의 힘은 실로 놀라운 것이다. 그러므로 나쁜 암시는 곧바로 거부하고, 밝고 건설적인 암시만 받아들여라.
- 어려운 상황에 부딪쳤을 때 "이젠 틀렸어" 하고 말하는 것은 잠재의식에 대한 협력을 거부하는 것이다.
- 정직하고 부지런한 사람이 반드시 행복하지 못한 이유는 자신의 잠재의식을 제대로 활용하지 못했기 때문이다.
- 잠재의식을 보다 잘 활용하려면 몸과 마음을 푹 쉬게 하는 기술부터 익혀야 한다.
- 무엇을 믿고 있는 것만으로도 잠재의식은 기적을 만들어 낸다.
- 자신이 바라는 것을 뚜렷하게 알고 긍정함으로써 기적의 효과를 얻을 수 있다.
- 결코 돈에 대해서는 나쁘게 말해서는 안 된다. 만약 돈에 악담을

퍼부으면 돈은 당신에게서 도망친다.

- 괴테가 그랬듯이 자신의 마음과 대화하는 것이 잠재의식을 움직이는 가장 뛰어난 기술이다.
- 비록 머리가 나쁜 학생이라 할지라도 잠재의식을 잘 활용하면 우수한 학생이 될 수 있다. 잠재의식은 기억의 보물창고이기 때문이다.
- 성공한 사업가는 '성공'이라는 생각을 지속적으로 해온 사람이다.
- 끊임없는 상상의 힘은 잠재의식의 기적을 만든다.
- 잠재의식은 시간을 초월하기 때문에 당신이 태어나기 전의 일도 잘 알고 있다.
- 어떤 결정을 내릴 때 망설여진다면 꿈속에서 잠재의식의 지시를 받도록 하라.
- 소설이나 논문을 쓰는 사람이 잠재의식에 부탁하면 절대적인 도움을 받는다.
- 돈이 모이지 않는다고 불평하는 사람은 마음속으로부터 '나는 돈

이 필요 없다'고 말하는 사람이다.

- 무슨 일이든 가능하게 만드는 잠재의식은 누구에게나 있다. 그러나 그것은 바깥 세계의 모든 간섭으로부터 벗어나서 조용히 생각에 잠길 때 이끌어 낼 수 있다.
- 잠재의식은 마치 녹음기와도 같아서 당신이 습관처럼 생각하고 있는 것도 현실로 나타난다.
- 남을 용서하지 못하는 것은 언제까지나 아픔이 가시지 않은 상처를 안고 사는 것과도 같다.
- 최면술은 잠재의식을 움직이도록 하기 위한 한 가지 방법일 뿐이다.
- 습관은 잠재의식의 틀이므로 당신을 바꾸고 싶다면 먼저 이 틀부터 바꿔라.

좋은 습관은 좋은 힘이다

미국의 유명한 심리학자 윌리엄 제임스는 이런 말을 했습니다.

"생각을 조심하라. 왜냐하면 그것이 말이 되기 때문이다.
말을 조심하라. 왜냐하면 그것이 행동이 되기 때문이다.
행동을 조심하라. 왜냐하면 그것이 습관이 되기 때문이다.
습관을 조심하라. 왜냐하면 그것이 인격이 되기 때문이다.
인격을 조심하라. 왜냐하면 그것이 인생이 되기 때문이다."

생각과 말, 행동, 습관, 인격 등은 서로 별개의 것이 아니라 상호 간에 밀 접하게 연결되어 있을 뿐만 아니라 서로 영향을 끼치고 마침내는 그의 모든 인생이 된다는 뜻입니다.

특히 그는 '인간은 그야말로 습관들의 묶음으로 이루어진 존재'라며, 이 중에서도 습관의 중요성을 강조했습니다. 인간은 그 자신이 어떤 습관으로 길들여지느냐에 따라서 인생행로가 크게 달라진다는 것입니다.

세계에서 가장 부자일 뿐만 아니라 '노블레스 오블리주'를 잘 실천해 존경받는 부자로 칭송되는 미국의 빌 게이츠. 그는 어렸을 때부터 책을 많이 읽는 습관이 몸에 배 지혜와 지식을 쌓고, 자신의 영혼을 성숙시켰을 뿐만 아니라 사회지도자로서의 도덕적 책임을 깨닫고 자신이 번 돈을 기꺼이 사회에 되돌려 줄 수 있었던 겁니다. 말하자면 좋은 습관이 쌓이면 훌륭한 인격이 되고, 성공도 부르며, 아름답고 가치 있는 인생을 살 수 있음을 행동으로써 보여 준 셈이지요.

좋은 습관이 지닌 그 내적인 힘은 실로 대단한 것입니다. 성공도 결국 좋은 습관이 만들어 낸 좋은 작품인 셈입니다.

그러나 나쁜 습관은 나쁜 결과만 초래합니다. 제2차 세계 대전 당시 전쟁터에 나갔다가 죽은 사람들이 약 30만 명이라고 합니다. 그런데 이 전쟁터에 사랑하는 남편이나 아들을 내보내고, 근심 걱정하다가 갖가지 심장 질환에 걸려 죽은 미국 사람만 무려 100만 명이 넘었다고 합니다. 다시 말해 전쟁터에서 죽은 사람보다 전쟁터에 나간 가족에 대한 걱정과 불안감 때문에 죽은 사람이 훨씬 더 많다는 얘기입니다.

걱정의 근원을 따지고 보면 나 자신에게 있는 수가 많습니다. 욕심, 자녀에 대한 지나친 기대와 헛된 욕망, 믿지 못하는 마음, 기우杞憂 같은 것들이 걱정을 키우는 것이지요.

그러므로 내가 만들어 낸 근심 걱정은 나 스스로 치워 버려야 합니다. 내가 만들어 낸 이런 것들을 내 마음 속에서 거울을 닦듯이 깨끗하게 닦아 낸다면 그만큼 걱정이 들어설 자리는 좁아질 테니까요.

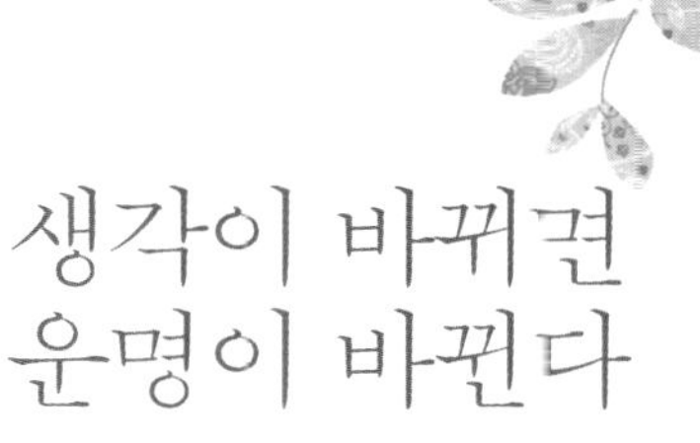

생각이 바뀌면 운명이 바뀐다

1960년대 초반, 소록도에서 몸이 불편한 한센인들이 돌을 지어 나르며 간척 사업을 벌일 때 이것을 지켜보고 있던 한 공사장 감독이 고개를 옆으로 저으며 이런 말을 했습니다.

"이건 도저히 불가능한 일입니다. 제대로 된 장비도 하나 없고 기술력도 없을 뿐만 아니라 몸마저 불편한 한센인들만 가지고서는 결코 이 일을 성공시킬 수가 없습니다."

이 말에 한센인들을 직접 이끌고 공사를 지휘하던 당시 소록도 병원 조창원 원장은 단호한 어조로 이렇게 대꾸했다고 합니다.

"진시황이 공과대학 건축과나 토목과를 나오고, 지금처럼 장비가 좋아서 거대한 만리장성을 쌓았습니까? 또 나폴레옹이 암벽 전문 등산가라서 알프스 산맥을 넘었습니까?"

꿈과 희망 그리고 불굴의 의지와 신념을 가지고 끝까지 노력하는 사람은 되는 것이고, '되어도 그만, 안 되어도 그만' 하며 적당히 하다가 쉽게 포기해 버리는 사람은 안 되는 것입니다.

또한 잘 되리라는 믿음과 확신을 갖고 잘될 수 있는 이유나 방법을 적극적으로 찾는 사람은 좋은 결과를 얻는 것이고, 부정적인 생각 속에서 안 될 이유만 찾거나 실패 뒤의 변명할 구실만 미리 찾는 사람은 결코 좋은 결과를 얻을 수 없는 것입니다.

다시 말해 성공도 실패도 자신의 사고방식과 의지에 달려 있는 셈입니다. 그러므로 '나는 반드시 잘할 수 있어', '틀림없이 계획대로 잘 될 거야' 하는 긍정적인 생각을 갖고 꾸준히 노력한다면 반드시 그대로 이루어질 것입니다.

어느 성공한 사업가에게 사람들이 물었습니다.

"성공 비결이 무엇입니까?"

그러자 그는 이렇게 대답했습니다.

"저는 모든 것을 늘 긍정적으로 보려고 합니다. 안 되는 이유 10가지보다 되는 이유 한 가지를 더 중요시 합니다. 그래서 모두들 불가능한 일이라고 고개를 돌렸을 때에도 저는 되는 이유 한 가지를 바라보며, 그것을 통해 나머지 안 되는 이유를 극복해 냈습니다. 되는 이유만 바라보면 되기 마련인 것입니다."

죽순이 얼었던 대지를 뚫고 쑥쑥 솟아오르듯이 긍정적인 사고와 적극적인 도전의식을 지닌 사람들만이 모든 난관을 뚫고 성공을 향해 쑥쑥 올라갈 수 있습니다.

지금은 사업가로 크게 성공한 어느 분이 한때 사업에 실패하여 곡시 어려운 형편에 있을 때, 그의 아들이 이렇게 투덜거렸다고 합니다. 우리 집은 왜 이렇게 돈이 없는 건지 모르겠다고. 그러자 그는 빙긋이 웃으며 이렇게 말해 주었다는군요.

"우리 집에 없는 건 돈뿐이잖니?"

그의 이러한 긍정적 사고, 없는 것을 보지 않고 있는 것을 크게 본 사고가 재기의 원동력이 되었을 거란 생각을 해봅니다.

"나는 축구가 전투였는데, 아들 두리는 행복한 생활처럼 보입니다."

지난 2006년 독일 월드컵이 끝나고 난 후, 당시 축구 해설을 맡았던 차범근 감독이 한 말입니다. 이와 함께 그는 자신이 독일 분데스리가에서 축구 선수로 뛸 때 시합 중에 교체되어 나오기만 해도 땅이 꺼지는 것처럼 느껴졌다는 얘기도 덧붙였습니다.

아울러 자신은 축구란 오직 승리를 위해 하는 것으로만 여겼으며, 승리에 대한 강박관념으로 인해 다른 선수들을 인정할 줄 몰랐고, 다른 모든 축구선수들이 단지 자신의 경쟁자로만 보였다고 솔직히 털어 놓았습니다.

그러나 그는 아들인 차두리 선수는 자신과는 다르게 축구를 하면서도 승패보다는 축구 그 자체를 즐기며 행복해 하는 것 같다고 했습니다. 게다가 차두리 선수는 프랑스의 지단 선수에게 사인 받은 공을 보며 즐거워하고, 축구 해설을 하면서도 캐스터가 어떤 질문을 던지면 '전 그때 후보라서 잘 몰라요' 하며 웃어넘기는 등 자신과는 전혀 다른 모습이라는 얘기도 했습니다.

말하자면 차범근 자신은 축구를 좋아하면서도 그것을 즐기기보다는 축구 선수로서의 명성을 얻고자 하는 욕망이 강해 아등바등하며 살았다는 뜻이지요. 허나 차두리 선수는 축구 선수로서 축구를 할 수 있다는 것만으로도 행복해 하며 축구를 즐길 뿐만 아니라 항상 밝게 웃으며 거침없이 할 말 다하며 산다는 겁니다.

일이나 공부를 하면서도 그것을 즐기며 하는 사람이 있는가 하면 마지못해 하는 사람도 있습니다. 자신에게 주어진 일을 감사하며 기쁘게 받아들이는 사람이 있는 반면 귀찮아 하며 억지로 하는 사람도 있습니다.

같은 일이나 공부를 하고, 같은 시간을 하더라도 이들 사이에 있어서의 능률이나 결과는 엄청납니다. 기쁘고 긍정적인 마음으로 스스로 알아서 하는 것과 그렇지 않은 것과의 차이는 당연히 클 수밖에 없는 거구요.

일도 공부도 운동도 기쁨으로 해야 그 결과도 좋고, 스스로 만족감과 행복감도 얻게 되는 것입니다. 마지못해서 하거나 강박관념에 사로잡히면 일이나 공부가 재미없고 단지 이기기 위한 경쟁이나 투쟁만 될 뿐이지요.

지금 나는 스스로 행복하다고 생각하시는지요? 혹 스스로 불행하다고 여기며 나를 드리운 그 어둠만 탓하고 있는 건 아닙니까? 가슴속에 저 빛나는 햇살을 품듯 꿈과 행복을 가득 품고 "나는 오늘도 행복해! 행복하다고. 정말이야!" 하고 한 번 소리쳐 보시지요. 그러면 그때 나는 행복한 사람이 되는 것은 물론 이미 성공한 사람도 되는 겁니다.

훌륭한 리더의 조건

몽골 제국의 영웅 칭기즈 칸은 남의 말에 겸허하게 귀를 잘 기울였던 것으로 유명합니다. '이청득심以聽得心', 즉 '귀를 기울여 남의 말을 잘 들어 줌으로써 마음을 얻는다'는 옛말이 있는데, 칭기즈 칸은 이를 몸소 실천했던 것입니다. 그는 이런 말을 했습니다.

"내 귀가 나를 가르쳤다."

경청이야말로 그의 스승이라는 것입니다. 사실 경청은 인간을 성장시키고 올바른 판단을 하도록 이끄는 성공 비결이며, 백 마디의 말을 하는 것보다도 더 큰 위력을 발휘할 때가 많습니다. 자신의 말을 잘 들어 주는 사람에게는 자연히 호감을 갖게 될 뿐만 아니라 마음의 문을 열게 됩니다.

칭기즈 칸은 일반 병사들을 아끼고 배려하는 마음에서 평소 '장수는 병사들의 입장에서 똑같이 느껴야 한다'는 생각도 갖고 있었습니다. 그래야만 병사들이 처한 입장이나 심리 상태를 보다 잘 알 수 있으며, 부하들을 보다 효율적으로 이끌 수 있다고 여긴 것이지요.

이런 그였기에 예순베이라는 장수가 지친 병사들을 향해 성을 내는 것을 보고는 그를 조용히 불러 이렇게 말했습니다.

"그대는 분명히 뛰어난 장수다. 싸움에도 아주 능할 뿐만이 아니라 오랫동안 싸워도 지칠 줄 모른다. 하지만 그대는 다른 병사들도 모두 그대와 같은 줄 알고 성을 내며 다그친다. 이래서는 결코 훌륭한 지휘관이 될 수 없다. 부하들을 제대로 이끌고 군대를 현명하게 잘 통솔하려면 병사들과 똑같이 피로도 느끼고, 갈증과 배고픔도 느낄 줄 알며, 똑같이 지칠 수 있어야 한다. 부하들과 똑같이 느끼지 못하고 그들이 지금 생각하는 바를 깨닫지 못한다면 결코 전쟁에서 승리할 수 없다."

부하들의 고충과 심리 상태, 현재의 여건이나 체력 등을 충분히 깨닫지 못하고 자신의 입장으로만 생각하고 판단해서는 결코 훌륭한 리더가 될 수 없다는 뜻입니다. 그리고 그는 이러한 훌륭한 식견과 뛰어난 리더십이 있었기에 세계를 정복할 수 있었던 것입니다.

중국 위魏나라 때의 장군 오기鳴起는 용병用兵에 아주 능할 뿐만 아니라 언제나 가장 낮은 병사들과 함께 음식을 먹고, 잠자리를 깔지 않고 그들과 함께 잤으며, 행군 시에도 마차를 타지 않았습니다. 부하들과 늘 고락苦樂을 함께 한 것입니다.

한 병사가 종기가 나서 괴로워하자, 그는 조금의 망설임도 없이 그 병사의 환부에 입을 대고 고름을 빨아내기도 했습니다. 이 소식을 전해들은 이 병사의 어머니는 눈물을 흘리며 이렇게 말했습니다.

"이 아이도 이젠 오기 장군을 위해서 죽겠구나. 장군께서 언젠가 내 남편의 종기를 빨아 주었는데, 그 은혜를 갚는다며 싸움터에서 오기 장군을 위해 목숨을 바치더니……."

상대의 입장에서 생각해 본다는 것. 이게 필요하다고 생각하는 사람들은 많지만, 실제로 이를 행동으로 실천하는 사람들은 많지 않습니다. 사실 행하기 어려운 일이기도 합니다. 하지만 자신의 인격 성장과 함께 모

든 분야에서 성공적인 리더가 되기 위해서는 어렵더라도 꼭 실천해야 할 일이기도 합니다.

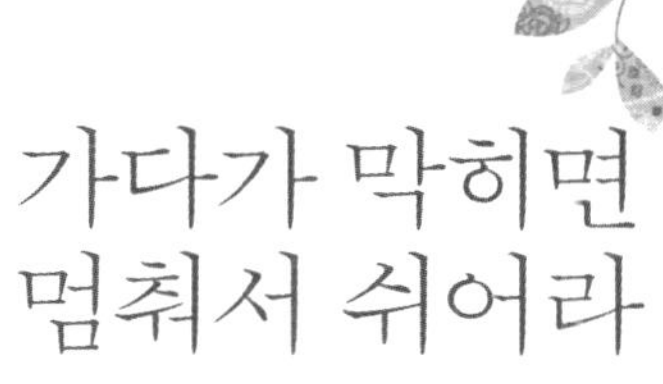

가다가 막히면 멈춰서 쉬어라

어느 철학자가 강연을 하기 위해 집을 나섰습니다. 그런데 집 근처에 있는 어떤 집에서 심하게 다투는 소리가 들려 왔습니다. 그러자 그는 가던 발걸음을 되돌려 집으로 갔습니다. 그리고는 자기 집 마당을 천천히 세 바퀴 돌더니, 집 안으로 들어가 차 한 잔을 마시는 것이었습니다.

그런 후에 다시 집 밖으로 나가 좀 전에 다투는 소리를 들었던 집을 피해 멀리 다른 길로 돌아서 강연장으로 갔습니다. 이것을 지켜 본 제자가 의아해 하다가 조심스럽게 물었습니다.

"선생님, 아까 외 집으로 되돌아 가셨습니까? 그리고 마당은 왜 세 바퀴 도셨습니까?"

그러자 철학자는 빙긋이 웃으며 이렇게 말하는 것이었습니다.

"다투는 소리가 귀에 가득 차서 마음의 평온함을 잃었어. 마음이 평온하지 못하고 혼란스러운데 어찌 좋은 강의를 할 수 있겠나? 내 마음이 평화롭지 못하고 혼란스러우면 그것이 밖으로 드러나는 법일세. 그래서 마음의 평온을 되찾고 혼란스러워진 마음이 좀 가라앉도록 하기 위해 마당을 돌고 차를 마시면서 기다렸던 것일세."

사실 마음이 평온을 잃고 혼란스러우면 어떤 일이든 제대로 할 수 없는 법입니다. 집중력과 주의력도 떨어질 수밖에 없습니다. 뿐만 아니라 스스로 아무리 감추려 해도 내 마음이 평화롭지 못하고 혼란스러우면 말이나 행동 또는 얼굴 표정 등에 배어 나오기 마련입니다.

따라서 어떤 이유로든 마음의 평온을 잃거나 마음에 어떤 근심이나 불안감, 슬픔, 분노, 증오 같은 것들이 크게 자리 잡고 있다면 이것들이 가라앉을 때까지 차분히 기다리는 것이 좋습니다.

옛날, 중국에 마조馬祖라는 젊은 선객禪客이 있었는데, 그는 좌선坐禪을 통해 속히 높은 경지에 오르고자 용맹정진하고 있었습니다. 이를 묵묵히 지켜보고 있던 그의 스승 회양懷讓 대사가 하루는 좌선하고 있는 마조의 곁에 다가와 앉더니, 난데없이 기왓장 하나를 꺼내 갈기 시작하는 겁니다. 궁금함을 견디다 못한 마조가 물었습니다.

"스승님, 기왓장은 갈아서 어디에 쓰시려는 겁니까?"

"응, 기왓장을 갈아 거울이나 한번 만들어 보려고."

스승의 이 말에 마조는 어리둥절해 하며 다시 말했습니다.

"기왓장을 갈아서 거울을 만드신다고요?"

그러자 회양 대사는 태연하게 대꾸하는 것이었습니다.

"좌선해서 부처가 되기보다는 이게 더 쉽지 않겠나?"

제자의 성급한 마음, 보다 빨리 가려는 어리석음에 일침을 가한 고사故事지만, 지금 나에게도 이 마조처럼 성급하게 뭔가를 이루겠다는 마음은 없는 것일까요?

우리네 인생도 경주라 생각하면 힘들고 삭막하겠지만, 더불어 즐기고 음미하는 여행으로 생각한다면 한결 여유롭고 편하지 않겠습니까? 쉼 없는 인생길, 너무 서둘러 가려 하지 말고 가다가 막히면 잠시 쉬어간들 어떻겠습니까? 잘 쉬는 것도 성공의 한 방법입니다.

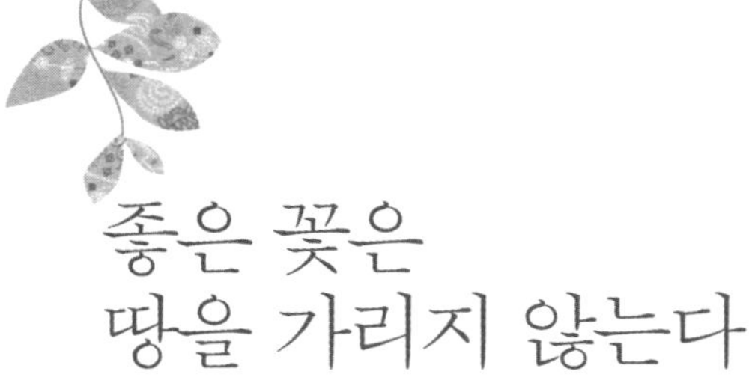

좋은 꽃은 땅을 가리지 않는다

빗을 만드는 어느 회사의 사장님이 새로 들어온 신입사원 두 명을 불러 말했습니다. 절에 가서 빗을 팔아 오라는 것이었습니다. 그러자 한 신입사원은 자신을 놀리는 줄 알고 "머리카락도 없는 스님에게 어떻게 빗을 팝니까? 팔 수 있는 걸 팔라고 해야지!" 하며 화를 버럭내더니, 그 자리에서 사표를 쓰고 나가 버리는 것이었습니다.

그런데 다른 신입사원은 알겠다고 하며 나가더니, 절에 가서 많은 빗을 팔고 왔다고 합니다. 그는 여러 절에 가서 주지 스님을 만나 절에 오는 신도들과 관광객, 방문객 그리고 '템플 스테이Temple stay'에 오는 사람들을 위해 빗을 많이 비치해 두는 게 좋지 않겠느냐며 설득하여 많은 빗을 팔 수 있었다는 겁니다.

말하자면 그는 머리카락이 없는 스님들만 바라본 것이 아니라 절을 찾아오는 머리카락이 있는 신도들과 관광객, 방문객, 수련생 등을 바라보며 얼마든지 빗을 팔 수 있다고 생각한 거지요.

똑같은 상황 속에서도 생각의 차이가 이렇게 다른 결과를 가져오는 법입니다. 희망과 긍정 그리고 가능성을 갖고 현실을 바라보는 사람에게는 늘 희망적인 결과가 따르기 마련인 것입니다.

살면서도 세상을 보는 관점 혹은 시선을 보다 새롭게 바꾸어 바라보면 이제까지 보아 왔던 것들과는 전혀 다르게 세상을 볼 수 있는 것은 물론 남들이 보지 못하는 것도 볼 수 있습니다. 남들과 똑같은 시선으로 바라보던 나를 버리고, 이제까지 머릿속에 박혀 있던 고정관념을 버리고 보다 새로운 시선으로 세상과 사물을 바라볼 때 남들과는 다른 독창적인 생각도 나오고, 참신한 것들을 발견해 내거나 발명해 낼 수도 있는 법입니다.

서커스단에 있는 코끼리는 구태여 묶어 놓지 않아도 도망갈 생각을 하지 않는다고 합니다. 그 이유는 어린 새끼였을 때부터 말뚝에 묶여 있었기 때문에 자신은 도망칠 수 없다는 인식이 강하게 자리 잡고 있기 때문이라는 겁니다. 즉 '나는 어려서부터 도망칠 수 없었고, 그래서 지금도 도망칠 수 없다'는 고정관념으로 인해 어렸을 때와는 달리 조금 힘만 쓰면

금방 뽑아 버릴 수 있는 말뚝을 뽑아 낼 생각조차 못한다는 거지요.

서커스단 코끼리처럼 사람들 또한 고정관념에 사로잡혀 있는 수가 많습니다. 이를테면 '난 머리가 나쁘니까 공부해도 소용없다', '난 힘이 약하니까 힘이 센 아이를 이길 수 없다' 하는 생각들이 그렇습니다.

하지만 머리가 나빠도 공부를 잘하고 훌륭하게 되는 사람들도 얼마든지 있습니다. 또한 비교할 수조차 없이 힘이 약한 어린 다윗이 힘도 세고 거구인 골리앗을 돌팔매질 한 방으로 이겼듯이, 힘이 약한 사람도 얼마든지 힘이 센 사람을 이길 수 있는 것입니다.

저 카르타고의 명장 한니발이 눈 폭풍이 쏟아지는 피레네 산맥과 알프스를 넘어 로마로 진격할 수 있었던 것이나, 진시황이 엄청나게 큰 만리장성을 쌓을 수 있었던 것도 불가능할 것이라는 많은 사람들의 고정관념을 뛰어넘었기 때문입니다.

미국 하버드대 총장 출신의 경제학자 래리 서머스는 이런 말을 했습니다.

"렌터카를 세차하는 사람은 없다."

인간은 흔히 자신의 소유물에는 신경을 쓰지만 타인의 소유물에는 별로 신경을 쓰지 않는, 이기적이고도 자기중심적인 고정관념을 갖고 있다는 뜻입니다.

그러나 성공한 사람들 중에는 자신의 소유물에만 신경 쓰지 않고 타인의 소유물에도 신경을 쓰며, 그들의 이익을 위해서도 애쓴 사람들이 많습니다. 즉 나만의 이익이나 당장 눈앞에 보이는 것들만 중요시하는 생각을 버리고 기꺼이 남의 소유물인 '렌터카도 세차해 줄 수 있는 사람'이 성공도 잘한다는 얘기입니다.

고정관념은 모두가 다 한 곳을 바라보는 것과 같습니다. 보다 참신하고도 독특한 시선으로 세상과 사물을 바라볼 수 있는 내가 될 때 성공도 보이는 것입니다. 인류의 문명과 문화가 지금까지 발전을 거듭해 올 수 있었던 것도 고정관념에서 벗어난 사람들이 있었기 때문입니다.

이젠 세상을 떠난 이 시대의 위대한 발명가 스티브 잡스를 비롯해서 새로운 발명품들을 발명해 낸 수많은 발명가들이나 인류의 문명과 문화에 위대한 업적을 남긴 사람들 또는 지금까지 인류가 몰랐던 것들을 새로 발견해 내거나 새로운 세계를 개척해 낸 사람들은 모두 고정관념을 버리고 자신만의 독창적인 시선으로 세상과 사물을 바라보았기에 빛나는 결실을 이룩했던 것입니다.

보는 시선이나 관점이 달라지면 생각도 달라지기 마련입니다. 또한 생각이 달라지면 새로운 아이디어나 방법이 떠오릅니다. 그리고 여기서 새로운 발명품도 나오고, 독창적인 문화나 예술품도 탄생하며, 인류의 문명과 문화도 발전합니다. 사업이나 직장 생활 혹은 인생에 있어서의 성공도 마찬가지입니다.

그래서 새로운 시선으로 세상과 사물을 바라보는 시간이 누구에게나 필요한 것입니다. 그러면 누구나 생각의 폭도 넓어지고, 의식도 확장되며, 자신만의 독특한 아이디어나 방법도 떠올라 자기 발전은 물론 자신의 목표도 이룰 것입니다.

'좋은 꽃은 땅을 가리지 않는다'는 말이 있습니다. 좋은 꽃은 구태여 토양을 탓하지 않고도 아름다운 꽃을 피워 낸다는 뜻입니다.

용기 없는 사람들만이 지금 내가 처한 환경이나 조건을 탓하며 물러설 구실을 찾고, 해보지도 않고 주저앉을 뿐이지요. 해보지도 않고 스스로 능력이 없다며 한탄하거나 이런 저런 핑계를 대며 물러서는 것은 도둑을 보고도 달려들기는커녕 슬금슬금 뒤로 물러서며 공허하게 짖어대기만 하는 겁쟁이 개와 다를 바 없는 것입니다.

삶의 균열과 파괴 속에서 세찬 바람에 흔들리는 수풀처럼 마구 흔들리는 영혼일수록 용기와 희망은 더욱 필요한 법이며, 자신이 현재 처한 환경이나 조건에 얽매이지 않고 자신의 목표와 성공을 향해 용맹스럽게 나아가는 사람만이 빛나는 결실도 얻을 수 있는 것입니다. 나를 일으켜 세우는 것은 바로 나 자신입니다.

악처가 남자를 바꾼다

남편과 아내, 모두 착한 사람이었는데 어쩌다가 이혼을 하게 되었습니다. 그리고 두 사람은 각각 다른 사람과 재혼했습니다.

그런데 이 남편이 재혼한 여자는 아주 악한 여자였습니다. 원래 착한 사람이었던 이 남편은 어느새 악한 새 아내에게 물들어 악한 사내가 되고 말았습니다. 착한 아내가 재혼하여 다시 만난 새 남편도 악한 사람이었습니다. 그러나 이 집은 착한 아내가 악한 아내가 된 것이 아니라 오히려 악했던 새 남편이 착한 사람으로 바뀌었습니다.

남자에 의해 여자가 바뀌는 것보다는 여자에 의해 남자가 바뀌는 수가 훨씬 더 많다는 것을 상징적으로 보여 주는 이야기입니다.

산골 촌뜨기 나무꾼이었던 바보 온달을 고구려의 명장으로 만든 것도 그의 아내 평강 공주였습니다. '남자는 여자 하기 나름'이란 말도 있는데, 이것도 여자에 의해 남자는 능히 바뀔 수 있다는 뜻입니다.

'성공한 남성의 배경에는 자랑스러운 아내와 놀라운 장모가 있다'는 서양 속담도 있습니다. 여기에 왜 장모까지 들어갔는지는 잘 모르겠으나,

남자의 성공에는 어쨌든 아내와 장모의 역할이 크다는 뜻일 겁니다.

사람은 서로에게 영향을 미칩니다. 인간은 혼자서 성장할 수도 없으며, 혼자서 타락할 수도 없습니다. 향수를 만드는 곳에 있다 보면 향수가 몸에 배고, 시궁창에서 뒹굴다 보면 악취가 납니다.

여자 중에서도 양처良妻보다 악처가 남편을 바꾸는 힘이 더 강하다는 생각이 듭니다. 특히 남편을 더욱 강하게 하고 출세시키는 데에 있어서는 악처의 영향력이 더욱 큽니다. 양처를 둔 남자는 아내의 그 나긋나긋함에 빠져 치열한 세상살이 속에서 투쟁하며 살기보다는 편안하고 아늑한 아내의 치마폭에 안주하려는 경향이 있기 때문입니다. 반면 악처를 둔 남자는 잔소리하고 매일같이 바가지를 긁어대는 꼴 보기 싫은 아내 곁에 있기보다는 차라리 밖에 나가 열심히 일하고 자기계발에 몰두하는 경향이 있습니다. 독해지기도 합니다. 그래서 직장에서 출세도 빨리 하고, 거친 풍파 속에서도 강해져 더 많이 성공합니다.

요즘에는 여성, 특히 아내들의 목소리와 힘이 커지면서 위축된 남편들이 많아졌습니다. 특히 아내가 다른 집 남편과 비교해 가며 바가지를 긁어대고, 빨리 성공하고 출세하여 돈 많이 벌어 오라며 다그치는 바람에 스트레스가 쌓인다는 남편들이 많습니다.

심지어 '내 친구는 생일이나 결혼기념일만 되면 남편한테 보석 반지나 값비싼 옷을 선물 받는다는데, 당신은 대체 뭐 하는 사람이냐?', '복 없는 가시내는 봉놋방에 가 누워도 고자 곁에 눕는다더니, 내가 바로 그 꼴이다' 하며 남편을 달달 볶아대는 여자들도 있다는데, 이쯤 되면 고문과 다를 바 없는 거지요. 그래서 퇴근 후에도 집에 들어가지 않고 밖에서 빙빙 도는 이른바 '귀가 공포증'에 걸린 남성들도 많은 게 현실입니다.

유태인의 정신문화의 원천으로 일컬어지는 〈탈무드〉를 보면 이런 말이 있습니다.

'강한 비바람은 남자를 집안에 있게 하고, 악처는 남편을 집 밖으로 내몬다.'

미국의 제16대 대통령이었던 링컨의 삶과 사상, 심리 등에 대해 오랫동안 연구해 온 미국의 한 심리학자가 이런 말을 한 적이 있습니다.

"링컨 대통령에 대해 연구하면서 그가 아내로부터 너무나 심한 학대를 받았다는 사실에 놀라지 않을 수 없었습니다. 그가 대통령이 될 수 있었던 것도 어쩌면 잔소리 많고 신경질을 잘 부리는 그의 아내 메리 트드 링컨 때문이었을 겁니다."

앞서 말한 〈탈무드〉의 내용처럼 링컨은 바가지를 잘 긁는 아내를 피해 집안에 붙어 있지 않고 늘 밖에 나가 열심히 일에만 몰두했던 모양입니다. 그런데 그 결과 놀랍게도 사회에서 인정받고 출세를 거듭해 마침내는 대통령까지 될 수 있었다는 것입니다.

러시아의 대문호 톨스토이의 아내 소피아 또한 소문난 '악처'였습니다. 그래서 톨스토이는 죽을 때에도 집에서 편하게 죽지 못하고 아내의 바가지를 피해 가출했다가 어느 시골 간이역에서 허무하게 죽었다고 하지 않습니까?

하지만 톨스토이는 그런 '악처'가 있었기에 더욱 치열하게 문학에 매달릴 수 있었습니다. 결국 '악처'가 그의 문학 발전에는 도움이 되었던 셈이지요.

고대 그리스의 철학자 소크라테스의 아내 크산티페는 '악처'의 대명사로 불릴 정도로 대단한 '악처'였습니다. 특히 그녀는 잔소리가 많고 성질이 사납고 불같았다고 합니다.

하지만 이런 '악처'가 오히려 소크라테스의 철학에는 큰 도움이 되었습니다. 아내로 인한 고통과 시련의 삶이 그의 철학을 보다 심오하게 발전시키는 자양분 역할을 한 셈입니다.

소크라테스와 그의 아내에 관한 이야기들은 꽤 많이 전해 옵니다. 한번은 어떤 사람이 소크라테스에게 아내의 잔소리를 어떻게 견디며 사느냐고 물었습니다. 그러자 소크라테스는 이렇게 대답했다는군요.

"물방아 도는 소리도 자주 들으면 익숙해져서 아무렇지도 않은 법이지."

그는 이런 말도 했습니다.

"어쨌든 결혼은 해라. 양처를 얻으면 행복해질 것이요, 악처를 얻으면 철학자가 될 것이다."

어째 자신의 경험에서 나온 말 같지요? 남편의 입장에서 본다면, 이른바'악처'라는 여자와 함께 산다는 것은 참으로 고달프고, 외롭고, 서러운 일이 아닐 수 없습니다. 하지만 그것이 오히려 성공의 원천이 되기도 합니다. 스스로 잘 극복해 낸다면 '전화위복轉禍爲福'이 될 수도 있는 거지요. 이런 점에서 볼 때 '악처'를 둔 것이 반드시 불행이 아니라 때로는 축복일 수도 있겠다는 생각도 듭니다.

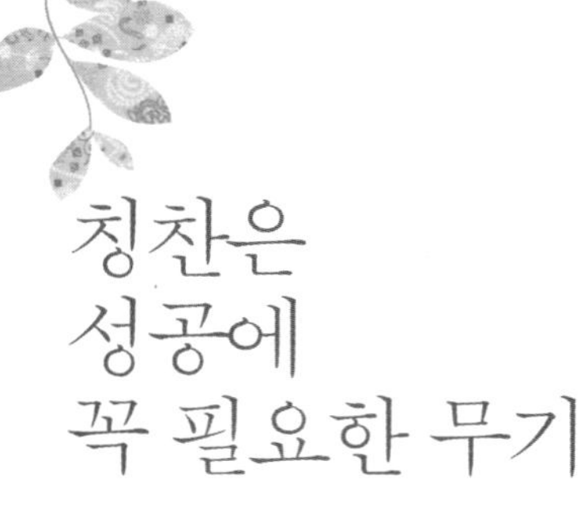

칭찬은 성공에 꼭 필요한 무기

프랑스의 영웅 나폴레옹은 평소 남이 자신을 칭찬하는 걸 싫어했다고 합니다. 아부로 생각했기 때문이지요. 그런데 어느 날 부하 한 사람이 그에게 이렇게 말하는 겁니다.

"각하, 전 각하를 대단히 존경합니다. 칭찬을 싫어하시는 각하의 성품이 너무나 훌륭하다고 생각되기 때문입니다."

그러자 나폴레옹은 입가에 미소를 지으며 몹시 흐뭇해했다고 하는군요. 결국 그도 칭찬에는 약할 수밖에 없는 인간이었던 겁니다. 칭찬을 싫어하는 그 성품이 너무나 훌륭하다는 그 말 자체가 바로 칭찬이 아니겠습니까?

사람에게는 누구나 칭찬받고 싶어 하는 욕망이 있습니다. 칭찬이야말로 자신의 존재 가치를 인정해 주고 용기와 의욕, 희망과 기쁨을 불어넣어 주는 말이기 때문입니다. 그래서 사람은 으레 누군가가 자신을 칭찬하거나 추켜세우면 겉으로는 쑥스러워 하면서도 내심 좋아합니다. 우리의 전통 음악인 판소리를 할 때 보면, 고수나 관객이 창唱의 중간 중간에 '얼쑤, 조오타!', '자알~ 한다', '아먼, 그렇치. 그렇고 말고' 해가며 추임새를 넣곤 합니다. 탈춤놀이나 마당극 같은 것을 할 때에도 역시 그렇습니다.

물론 이것은 창을 하는 사람이나 광대 그리고 그것을 보는 관객 모두의 흥을 돋우기 위한 행위이지만, 결국 잘한다고 추켜세우는 칭찬입니다. 또 이러한 칭찬과 격려, 공감의 표시는 창을 하는 사람이나 광대의 사기와 흥을 북돋아 더욱 신명나게 잘 놀 수 있도록 만듭니다.

어느 기관에서 직장인들을 상대로 '직장 상사로부터 가장 듣고 싶은 말'이 무엇인지를 조사해 본 적이 있습니다. 그랬더니 1위가 '수고했어, 아주 잘했어(37%)'였으며, 2위는 '역시 자네야, 자네가 한 일이니까 틀림없을 거야(25%)'였다고 합니다. 이것만 보더라도 직장인들이 칭찬에 얼마나 목말라 있는지를 알 수 있습니다.

그래서 부하를 잘 다스릴 줄 아는 사람이나 사업 수완이 좋은 사람 또는 성공한 사람이나 대인관계가 원만한 사람일수록 상대방에 대한 칭찬을 적절히 잘 활용할 줄 압니다. '아저씨, 아저씨 해가며 등짐 지운다'는 옛말도 있듯이 칭찬해 주면서 기분 나쁘지 않게 잘 부려 먹는 거지요.

부하 직원들에게 꾸지람보다는 칭찬과 격려를 많이 하는 상사 밑에서 일하는 부하 직원들이 그렇지 못한 직원들보다 훨씬 더 업무 처리 능력이 뛰어날 뿐만 아니라, 직원들 간의 단결과 화합도 잘 된다는 조사 결과도 있습니다.

또한 칭찬을 받은 사람은 자신을 칭찬해 준 사람에게 고마움을 갖게 됩니다. 그러면서 자신을 칭찬해 준 사람에게 뭔가 보답해야겠다는 생각도 갖습니다. 자신을 알아주고 칭찬해 준 사람을 위해서라면 무슨 일이든 다 하겠다는 마음을 갖기도 합니다.

그래서 '선비는 자신을 알아주는 사람을 위해 목숨을 내놓고, 군인은 자신을 알아주는 상관을 위해 목숨을 내 놓는다'는 옛말도 있습니다.

'칭찬은 바보라도 훌륭한 사람으로 만들 수 있다'는 영국 속담도 있습니다. 이를 증명이라도 하듯 고구려의 평강 공주는 무지렁이, 바보로 불리던 온달溫達을 아낌없는 칭찬과 격려로서 고구려 최고의 명장名將으로 만들었습니다.

그만큼 칭찬에는 놀라운 힘이 담겨져 있습니다. 칭찬과 격려야말로 인간의 마음에 힘과 용기, 의욕과 자신감을 불어넣고 자극시켜 성공으로 이끄는 '돈이 필요 없는 강력한 무기'인 셈입니다.

여성들은 남성들보다도 칭찬에 더욱 약한 경향이 있습니다. 그래서 '여성을 공략하는 최상의 무기는 칭찬이다'라는 말도 있습니다. '여성들은 언제나 마음 한 구석에 칭찬을 받아들일 곳을 마련해 놓고 있다'는 말도 있는데, 그 정도로 여성들은 언제든지 칭찬을 받아들일 준비 태세가 잘 되어 있습니다.

따라서 여성과 대화할 때 칭찬을 곁들이는 것은 음식에 조미료를 뿌리는 것처럼 대화를 보다 맛있고 부드럽게 하는 것이며, 여성을 칭찬할 때에는 가급적 미사여구美辭麗句를 동원해 가며 현란하게 하는 것이 좋습니다.

자녀 교육에 있어서도 칭찬이 꾸지람보다 훨씬 더 효과적입니다. 비행 청소년들 중에는 가정에서 칭찬 대신 꾸지람과 욕설을 들으며 자란 아이가 많으며, 가정에서 칭찬과 격려를 많이 받으며 자란 아이일수록 비행 청소년이 적다'는 조사 결과도 자주 나왔습니다.

어린 자녀가 어떤 일을 스스로 했을 때 '정말 대단하구나, 너 혼자서 이런 일을 해내다니!' 하며 칭찬해 주거나 자녀가 자신의 의견을 이야기할 때 관심 있는 태도로 들으며 '아, 그렇구나!' 혹은 '그렇겠구나. 정말 좋은 생각이다!' 하며 추임새를 넣어 주면 자녀의 자신감을 키워 줄 수 있는 것은 물론 모든 일에 더욱 적극적이며 열심히 할 수 있도록 만듭니다. 그런데도 사회와 부모들은 칭찬에 인색합니다. 칭찬해주는 걸 어색해 하고, 칭찬하는 방법에 서툰 사람들도 많습니다. '칭찬 문화'에 미숙하고, 훈련이 되어 있지 않은 까닭입니다.

칭찬보다는 남을 비난하고 흉보는 것에 익숙한 사람들도 적지 않습니다. 남을 깎아 내려야만 자신이 보다 빨리 승진하거나 성공할 수 있는 것

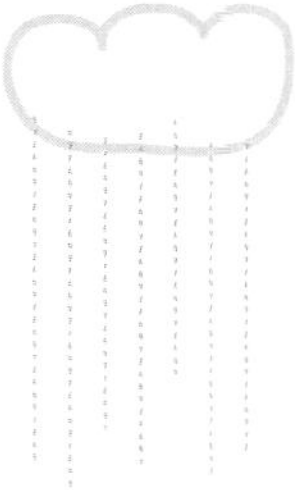

으로 생각하는 어리석은 사람들도 있습니다. 특히 '읍견군폐邑犬群吠', 즉 '마을 개들이 모여서 짖는다'는 옛말도 있듯이 소인배들일수록 한데 모여 남을 비난하고 흉보기를 좋아합니다.

그러나 남을 비난하고 흉보면 자신이 비난하거나 흉보았던 그 사람도 나를 똑같이 비난하고 흉보게 됩니다. 뿐만 아니라 나의 적이 되어 나의 승진이나 성공을 방해하려 듭니다. 결국 남을 비난하거나 흉보는 것은 나의 승진이나 성공에 걸림돌이 되고 마는 거지요.

그러니 이제는 자신에게 적이 생기는 것을 막고 돈 한 푼 안 들이고도 자기편을 많이 만들 수 있는 칭찬을 많이 했으면 하는 바람입니다. 도처에서 서로가 서로를 칭찬해 주고 격려해서 전국 방방곡곡에 '칭찬의 깃발'이 나부꼈으면 합니다. 그래서 모두 다 신나고 행복해 하며, 인간관계도 좋아지고, 성공도 할 수 있다면 얼마나 좋은 일이겠습니까?

위기 돌파 능력도 성공 비결

아인슈타인 박사가 미국에 있는 여러 대학들로부터 강연 요청을 받아 순회강연을 하게 되었는데, 하루는 그의 운전기사가 아인슈타인 박사에게 이런 말을 하는 것이었습니다.

"박사님, 연일 강연하시느라 무척 피곤하실 텐데 내일 강연은 제가 대신 하면 안 되겠습니까? 그동안 박사님을 따라다니며 계속 듣다 보니, 저도 이젠 거의 외울 정도가 되었습니다. 그러니 내일 강연은 저에게 맡기시고 박사님은 푹 쉬십시오."

이 말에 아인슈타인 박사는 승낙했습니다. 그리고 다음 날, 이 운전기사는 아인슈타인 박사처럼 변장을 하고 어느 대학에서 강연을 했습니다. 그는 자신이 말했던 대로 아인슈타인 박사가 강연했던 내용을 그대로 하며 성황리에 강연을 마쳤습니다.

그런데 그가 강연을 마치고 박수를 받으며 연단에서 내려오려는데, 청중 속에 있던 한 사람이 강연 내용에 대해 질문을 하는 것이었습니다. 순간, 진짜 아인슈타인 박사는 이제 모든 것이 들통 났다고 생각하며 안색

이 변했습니다. 그러나 가짜 아인슈타인 박사는 얼굴색하나 변하지 않고 당당한 태도로 이렇게 대꾸했습니다.

"아, 그 질문이라면 아주 간단합니다. 그 정도는 제 운전기사도 충분히 답변할 수 있습니다."

이러더니 그는 고개를 돌려 연단 옆쪽에 운전기사 복장을 한 채 앉아 있던 진짜 아인슈타인 박사를 향해 이렇게 말하는 겁니다.

"여보게, 이 정도의 질문은 자네도 충분히 설명해 줄 수 있겠지? 어서 나와 설명 좀 해 드리게."

물론 우스갯소리지만, 위기의 순간에도 당황하지 않고 침착하게 대응하면 그 위기를 재치 있게 잘 넘길 수 있다는 것을 보여 주는 이야기입니다.

화법에서는 이를 '되받아치기 화법'이라고 하는데, 이는 궁지에 몰린 상황 속에서도 당황하지 않고 현재의 상황을 직시하며 이를 반전시킬 수 있는 말을 재빨리 찾아내 궁지에서 지혜롭게 벗어나는 화법을 말합니다.

조선 시대의 '명의名醫 중의 명의'로 손꼽히며 〈동의보감東醫寶鑑〉으로 더욱 유명한 허준許浚. 그러나 그는 당시의 세도가들의 집에 왕진 가지 않는 것으로도 유명했습니다. 세도가들이 허준을 비롯한 의원들을 무시하며 오라 가라 하는 것이 못마땅했기 때문이지요.

하지만 세도가들의 왕진 요청을 딱 잘라 거절하기도 어려운 일이었습니다. 그래서 그들이 왕진 요청을 해오면 허준은 자신이 각기병으로 걸음이 불편하여 갈 수 없다고 둘러대곤 했습니다.

그러던 중 임진왜란이 일어났습니다. 이에 허 준도 어의御醫로서 임금의 행렬을 따라 의주로 급히 피난가게 되었습니다. 이때 허준이 피난 행렬을 따라 잘 걷는 것을 본 이덕무李德懋라는 사람이 허준을 향해 한 마디 툭 던졌습니다.

"대감, 각기병으로 잘 걷지 못하는 데에는 난리탕이 최곤가 봅니다."

각기병이 있어도 다급해지니까 잘 걷는 모양이라며 비꼬아서 한 말입니다.

미국 어느 대기업체 회장이 자신의 회사에 물건을 납품하려는 영국의 두 사업가를 불러 함께 식사를 하자고 했습니다. 함께 식사를 하며 그들의 인품과 능력, 사업 수완 등을 알아보기 위해서였습니다.

이때 잉글랜드인인 사업가가 미국인 대기업체 회장이 들으라는 듯 자신과 경쟁관계에 있는 스코틀랜드인 사업가를 향해 멸시하는 트로 말했습니다.

"스코틀랜드에서는 사람이 귀리를 먹지만, 우리 잉글랜드에서는 말 같은 짐승이나 귀리를 먹지요."

그러자 스코틀랜드인 사업가는 화를 내기는커녕 오히려 빙긋 웃으며 이렇게 응수하는 것이었습니다.

"그래서 예로부터 잉글랜드에서는 말이 우수하고, 스코틀랜드에서는 사람이 우수하지요."

그 후 미국의 대기업체 회장은 스코틀랜드인 사업가의 순간적인 기지와 뛰어난 유머에 감동하여 그의 회사 제품만 납품 받았다고 합니다.

영국의 작가이자 역사학자이기도 했던 폴 존슨은 '위대한 지도자로서의 5가지 덕목'을 도덕적 용기, 빠르고도 정확한 판단력, 우선순위에 대한 뛰어난 감각, 힘의 적절한 배분과 함께 유머를 들었는데, 이 중에서도 유머는 '지도력의 핵심 요소'라고 했습니다. '유머와 리더십은 그 근본이 같다'는 말도 있습니다.

이처럼 유머를 지도력의 핵심으로 여기는 영국답게 제2차 세계 대전 중 독일 공군기들의 무차별 공습으로 영국 버킹엄 궁이 벽이 무너졌을 때 영국 황실은 두려워하는 국민들에게 이런 말을 했습니다.

"국민 여러분, 걱정하실 필요 없습니다. 독일군의 폭격으로 그동안 황실과 여러분 사이를 가로막고 있던 벽이 무너졌을 뿐입니다. 그래서 이제 여러분의 모습을 더욱 가까이에서 잘 볼 수 있게 되었으니, 이 얼마나 다행스러운 일입니까?"

영국이 전쟁 초반의 그 모든 위기 상황들을 극복하고 반전하여 마침내 승리를 거둘 수 있었던 것도, 이처럼 위기 돌파 능력이 뛰어난 지도자들이 많았기 때문입니다.

위기 상황 속에서도 당황하거나 동요하지 않고 풍부한 유머를 구사할 수 있다는 것은 곧 상황 판단 능력이 빠를 뿐만 아니라, 위기 속에서도 이에 휘둘리지 않는 냉철함이 있으며 여유와 자신감 그리고 배짱이 있음을 뜻합니다. 이런 능력들을 두루 갖춘 훌륭한 지도자들이 있는데, 어찌 전쟁에서 패할 수 있겠습니까?

우리도 이 험난하고도 변화무쌍한 세상을 살다 보면, 누구에게나 위기 상황이 닥칠 뿐만 아니라 이에 대한 빠른 상황 판단과 임기응변이 필요한 때가 있습니다. 그러므로 평소 유머 감각과 상황반전 능력을 키우며 꾸준히 훈련하는 건 꼭 필요한 일입니다.

내 영혼의 산책

초판 1쇄 펴낸 날 | 2012년 10월 15일

지은이 | 박원종
펴낸이 | 이금석
기획 · 편집 | 박수진
디자인 | 김현진
마케팅 | 곽순식, 김선곤
물류지원 | 현란
펴낸곳 | 도서출판 무한
등록일 | 1993년 4월 2일
등록번호 | 제3-468호
주소 | 서울 마포구 서교동 469-19
전화 | 02)322-6144
팩스 | 02)325-6143
홈페이지 | www.muhan-book.co.kr
e-mail | muhanbook7@naver.com
가격 12,500원
ISBN 978-89-5601-306-0 (13810)